不畏将来
不念过去

半夏 / 著

煤炭工业出版社

·北　京·

图书在版编目（CIP）数据

不畏将来，不念过去/半夏著. -- 北京：煤炭工业
出版社，2018（2019.8 重印）

ISBN 978 - 7 - 5020 - 6973 - 5

Ⅰ.①不… Ⅱ.①半… Ⅲ.①散文集—中国—当代
Ⅳ.①I267

中国版本图书馆 CIP 数据核字（2018）第 250009 号

不畏将来　不念过去

著　　者	半　夏
责任编辑	高红勤
封面设计	程芳庆

出版发行　煤炭工业出版社（北京市朝阳区芍药居 35 号　100029）
电　　话　010 - 84657898（总编室）　010 - 84657880（读者服务部）
网　　址　www.cciph.com.cn
印　　刷　玉田县昊达印刷有限公司
经　　销　全国新华书店

开　　本　880mm×1230mm$^1/_{32}$　**印张**　$7^1/_2$　**字数**　180 千字
版　　次　2018 年 11 月第 1 版　2019 年 8 月第 2 次印刷
社内编号　20180990　　　　**定价**　36.80 元

可能你希望看到的是岁月静好、现世安稳的生活，不需要争名逐利、蝇营狗苟，你周围的一切都是无比和谐的状态；可能你希望看到的是无忧无虑、自由自在的生活，做任何事情都没有阻拦，也没有羁绊，三百六十天环游世界，想去哪里便去哪里，只要快乐就好；可能你希望看到的是金山座座、产业遍地的生活，无论走到哪里都有人说"董事长您好，董事长辛苦了"；可能你希望看到的是星光熠熠、众人瞩目的生活，无论走到哪里都有人向你要签名，你到哪里摄影师就跟到哪里，各种街拍秀、机场秀不断，无论你走到哪里都星途闪耀……但是，我只能告诉你，生活的样子不是可能，不是你希望，而是它的底色本来就是残酷的，就是苦涩的，就是布满荆棘的，而所有你希望的，都只能靠你自己创造出来。

鲁迅先生说过："真的猛士敢于直面惨淡的人生，敢于正视淋漓的鲜血。"岁月有时就是这样无情，生活有时就是这样残忍，这是我们必须要接受的现实，然而生命的意义不就是要战胜这些无情的岁月，战胜生活的残忍吗？敢于面对，便是真正的猛士。

毫无挑战的人生是无趣的，挑战太多的人生又是艰辛的，然而人生本来就处处充满挑战，我们一路都在过关斩将，迎接一个又一个的挑战。生活面前人人平等，困难面前也是人人平等，书中的这些主人公与我们一样，在面对突如其来的天灾人祸时，他们也曾沮丧，也曾想要放弃，但最终却没有放弃，而是咬紧牙关硬挺了过来，最后成为生活的强者。

生活就像是一部电影的三幕，开场就会出现一个大问号，要不要继续？但每个人还不是一边抱怨着生活的苦，一边努力前行。于是中间高潮迭起，起起伏伏，历经磨难，最终结尾大多会有个 Happy ending。那些成为生活强者的人，不是他们天资有多与众不同，而是永不放弃的精神让他们走向成功。希望书中那些主人公砥砺前行的故事，能给你更多的力量，带着你一起去闯过那些你曾以为是绝境的关卡，让你找到绝处逢生的勇气和直面生活的信心。生活，熬得过去是幸福，熬不过去是苦难。

不要总是陷在过去的痛苦回忆里，也不要畏惧未来可能布满的荆棘，我们应该珍惜当下的生活。过去来不及把握，未来还未可知，我们只有改变现在，才会有一个确定的未来。努力战胜生活给你的一次次挑战，你收获的将不只是胜利的喜悦，还有一个更加美好的自己。当你战胜了那些曾经所谓的苦难，再回头看时，那心中曾经的沟壑早已夷为平地，跨过后，一切都是So easy。

冬日暖阳，春暖花开，生如夏花，秋高气爽，四季轮回，生命不息，愿你清晨时分沐浴阳光，傍晚时分静看夕阳，在黑夜过去之后能够惬意地享受心中那一份生活带给你的小小的惊喜，那是一份战胜黑夜的喜悦。你努力生活的样子，真美！在最美好的岁月到来之前，是最痛苦的黑暗，但是熬过去后，一切都会风平浪静，一切又是最初美好的样子，因为每一天都是新的开始，都是新的希望。

作者

2018.9

目录 CONTENTS

第三章 CHAPTER THREE | 你怎样，世界就怎样

第四章
CHAPTER FOUR | **我愿意做一个温暖的人**

第一章

其实，没什么好怕的

自信就有机会，万一成功了呢

　　穷、丑、矮、没背景、没文化、没学历……最终汇聚成"我不行"，然后沮丧又带着点小欣喜地退出，斜着眼睛看别人的"行"，并伴着酸酸的阴阳怪气，跟机会说声 Bye-bye。

　　是的，该死的是世间所有的不自信。

　　渴望成为什么是一种梦想，相信能成为什么才是自信。走过岁月，从光鲜亮丽的人群中，在各种奢侈品牌的支撑下，你突然发现，姑娘们不会再脸红，小伙子们则动不动就征服世界，仿佛不自信早已成为过去时。

　　其实，不自信是藏在我们每个人心中的隐痛，在没人的角落中就会发作，丧失本该属于你的花前月下的爱情，本该属于你的大展身手的机会，本该属于你的……空留遗憾、悔恨的你。

　　我们生活在和平的年代，但竞争却无时不在。在危机四伏的远古时代，"不自信"这种思维曾保住了我们祖先的命，却遗憾地将这种思维遗传下来，也许，这是人的天性，但等你有梦想的那一刻，不自信便成了累赘。

段奕宏，被观众冠以"戏精""戏妖""戏奴"等绰号。从 19 岁到 45 岁，荣获两个国际 A 类电影节影帝，他是国内唯一获此殊荣的男演员，演过 20 多部电影、20 多部电视剧、十多部话剧，26 年的磨砺让他百炼成钢。

"戏比天大"是他对演员这个职业的执着追求，他每每都会被这句话感动。他说没有人绑着自己，也没有人拦着自己，这都是他自己的选择，也是他的全部。

也许，这样的人生很励志，但其中的曲折亦不言而喻，所有的曲折都来自那颗曾经萎靡的小心脏……

1991 年和 1992 年，段奕宏连考两年中戏都名落孙山，身边的亲戚朋友对他投来质疑的目光。有人嘲笑他，说就算退一万步他也考不上；有人说他没天赋；有人说一个农村出来的孩子还想考中戏？

我们的生活中从来不缺少类似的人，在他们的脑海中，仿佛所有的前进都是偶然，你想辩驳，却又谢绝不了这样的"好心"。相信自己，是唯一的出路，但你首先要背负固执的"恶名"。

段奕宏也是如此。面对别人的质疑他没有退缩，他自信演艺这条道路一定可以走得通。屡败屡战的他在 1993 年报考了一个表演培训班，经过系统培训，1994 年再度应试，21 岁的他终于在千军万马中冲出重围，被中央戏剧学院录取了。

也许，这样的收获应该惊喜，但生活考验的更是自信的"长度"。

段奕宏认为自己看到了光明的未来，但没想到还是一片迷茫。大一的时候，班上的同学都纷纷接到了戏，而段奕宏却没有这样的机会。

很多导演来选角色都喜欢阳光帅气的，而他不是。有导演问他，作为一个演员怎么没资料呢？但实际上是他没有钱去拍些帅气的照片。那段时间他是最低迷的，他有些手足无措。唯一的陪伴，就是心中残留的坚持吧。

朋友建议他做群众演员，一天三五十元，他听从了朋友的建议。但当群众演员时，他总爱杵在一个角落里，镜头根本都扫不到他。他自己很矛盾，既羡慕别人，又受不了这份冷遇，觉得还不如回到课桌前做好自己的作业呢！

随后，他又转而把精力都放在毕业作品上，令他惊喜的是，他的毕业作品赢得了老师和同学们的赞誉，那时他才恍然大悟，这才是他想要的，是反复的刻苦训练才使得他拥有了全校师生的热烈掌声，让他更有自信来面对演艺之路。

毕业后，段奕宏终于留京了，进入中国国家话剧院。虽然这个荣誉为他增色不少，但他还是默默无闻。

2006年，《士兵突击》中段奕宏饰演袁朗一角迅速走红，很多人认为他一夜成名，而对于他来说这"一夜"太漫长了。

十几年的默默无闻，对于常人来说，是一种平淡的真，但对于演员来说，却是巨大的打击。这些年的经历可能打击了段奕宏的这份自信，但无论怎样，他不曾放弃，依然相信自己能在这条路上走得很好，坚持，说起来容易做起来难，唯一的差别就是那点自信吧。

随后,《我的团长我的团》《白鹿原》等脍炙人口的作品,仿佛是在回报他的坚持。但我想,他更应该感谢的是心中的那份自信,就像他扮演的韩信一样,自信者无惧流言蜚语,或许会孤独,也可能迷茫,但只要心中那盏明灯不灭,无论何时何地,都会不屈不挠地前行。

我不想说,人不死终会出头,这种带着结果的引导,或许会给你短暂的激情,但无法让你长久地坚持。

作为一个公司的 HR,我面试过无数的人,客观地说,见过很多有才华而不自信的人,也见过很自信却缺少才华的人。我不想评论这两种人的优劣,只想说他们在工作中的表现。

有才华而不自信的人,做事中规中矩,没有创造力也不想承担责任,执行层面的事情做得很漂亮,但也因为不自信永远只停留在执行层面,最终导致自己职场的路越走越窄……

有自信而欠缺(只是欠缺,并非没有)才华的人,虽然短时间内做的事情往往不尽如人意,但敢于承担责任,假以时日,给他学习的机会,他会自己开创一片天地,职场的路也会越来越宽。

很多人问我自信是什么。

我总是笼统地回答:自信就是对自己能力的一种肯定,这种自我认可与能力大小、资质强弱有时候并无太大关系,即使能力不够,也会不断学习;即使资质不足,也能敢于尝试。

说了这些，偶然想起项羽的"天亡我也，非战之罪也"，我突然意识到，自信若无尺度的掌控，会马上翻脸成为自负。

我们只看到别人的光环，却感叹自己的暗淡无光，用自以为聪明的脑袋假设一万种不可能，一万重困难，吓唬自己不去完成。当这种状态成为一种习惯，人生自然难免慵懒。

想起马云在众目睽睽之下，无厘头地表演了一段武术后所说的话：可能会有人说练得不好，但如果不展示，连不好的评价都有可能收不到。

深藏不露已过时，有机会就上，不多想，先做了再说！这也是一种人生快意，毕竟，脑袋如果想得太多，会拖慢你的脚步。

想来，自信就是有机会就上，万一成功了呢！

你渴望精彩，却害怕未来

我的未来

提到北漂，相信许多人会噼里啪啦地说出一大堆扎心的词。我也是其中一员，对此自然深有体会，扎心当然有过，但我心态好，我坚信没有过不去的火焰山！

大四快毕业时，我也是打了足够多的鸡血，带着无限热血、无限激情来到了这个充满梦想的地方——北京，父母抱着试试看的态度将我送上开往北京的列车。我态度坚定，决心要在北京闯出一片属于自己的天地，虽然眼圈不自觉地有些湿润了。父母心里盘算着，一个月，最多三个月我就会吵着回家了，没想到我一待就是六年。

我想来到北京打拼的人都是不甘于平庸的，都是为着梦想来的，都是不想后半生在后悔中度过的人。虽然我们不知道梦想是否可以实现，但是我们勇敢无畏，渴望精彩，我们要活出真正的自己，不惧怕未来！

谁敢说来到北京就一定能成功呢？我想没人敢夸下这样的海口。但是带着不甘心，我总是要试试，梦想这个东西，万一实现了呢？再说怕什么，我们输得起，大不了再从头开始！输得多了，从概率上来算，也总会有赢的机会，不是吗？未来是什么样子？还不是要靠自己一步一步走出来。

小时候的我胆子很小，小到晚上不敢自己住一个房子，来到北京第一次自己住着一个空空荡荡的房子。我因为害怕，就把房间里所有的灯都打开，然后一个人坐在电脑前刷剧，刷到5点多天亮了，我再开始睡觉，第二次再遇到这种情况我已经不再害怕了。

曾经的我害怕走夜路，可在北京加班到深夜是常有的事，一个人打车回家已经是凌晨了，经历了几次后，也就不再怕了。还有就是生病的时候人最脆弱，因为不能耽误工作，虽然头还晕，地铁上又挤得让人呼吸困难，但我却能站着把药吃下，然后继续行进在上班的路上。也曾压力大到一个人深夜哭泣，但是睡了一个饱觉后，第二天太阳一升起，依然可以活力满满地继续挤地铁上班。

有些人总是会刻意渲染北漂的辛酸，我要说的是，辛酸是有的，但那是在你未战胜心中所谓的困难之前，当你战胜了之后，才会明白，那都是一笑而过的事。这条路是你自己选的，没有人非要你这么选择，既然选择了，跪着也要走完。你若渴望有不同的精彩，那你就不要惧怕这路上所遇到的荆棘。

我不确定来到北京可以实现一个怎样的未来，但我至少确定我的每一天都有所收获，我的每一天都在充实地过，我可以解锁很多新的技能，我可以将自己当成一支队伍来做事。我相信，未来的我会感谢现在正在努力的自己，我在为自己拼一个想要的未来。

她的未来

"我为这件事情等了 20 年，突然明白了一个道理，我之前走过的每一步，都是为了今天能够走上这个舞台。"做主持人 22 年，做了上千场节目的董卿，在 2014 年突然选择放下自己的主持人事业，去国外进修。她称自己的这次离开像高速行驶中的一个急刹车，也有撞头，甚至可以说是鼻青脸肿。

"我是一个特别特别爱工作的人，只要一上台，就可以忘掉一切，这样的感觉20年没有变过。可是大概在两年前，有一天我突然意识到，我没有那么兴奋了，我经常会变得不耐烦。我心里有个声音提醒我，你敢不敢停下来？你敢不敢放下现在别人看来一切都很完美的生活？你敢不敢去做一个了断，跟过去的某一个自己做一个了断？"

急流勇退，这样的选择不是每一个人都可以做到的，面对着无数的鲜花和掌声，董卿却选择慢下来，她要离开去国外进修，她总觉得，应该把自己变得更好，她不想放弃继续成长的可能。结束留学生活后，董卿收获了很多，她也对自己有了新的定义，她打算给自己一个新的身份——做一个制作人。

董卿和她的团队在酝酿一个新的节目——《朗读者》，她用了近三年的时间来筹备这个节目。央视综艺频道总监、大型节目中心主任郎昆说："她为了《朗读者》，呕心沥血，老了16岁，不容易。"

筹备期间，她被各种原来以为很不重要的事情填满了，每天都在考虑要做什么，请谁帮助自己，她像祥林嫂一样，一遍遍地给人描述，不停地讲解。她一开始觉得特别不习惯，觉得自己是不是在骗人。在娱乐真人秀的挤压下，文化类节目招商十分不易，董卿说已经不能用失望来形容自己的心情了，已经到了绝望的地步。

2016年11月，赞助商时间确定，留给董卿和她的团队的准备时间只有一个月，但那时演播室还没有搭起来，嘉宾也没有确定，唯一确定的是播出档期，春节档。董卿在一天时间内必须选好建材，不然供应商就要回家过年了。建材铺了满地，她就跪在地板上一样样地选。一天只能睡三四个小时，她一两个月见不到孩子，这样的她熬到了筋疲力尽，父母在这件事情上投了反对票，她答应他们尽量给自己多些时间休息。

2017 年 1 月，《朗读者》开始上线，刚一播出，就收获了极高的口碑，董卿的新节目得到了观众的认可。《朗读者》第二季，董卿对自己提出了更大的挑战，她还担当了总导演，虽然要付出更多，但是她觉得这才是她想要的。

"腹有诗书气自华"，董卿从小在父亲的影响下不断地努力，打下了深厚的文学功底，这使得她在《朗读者》这档文化类节目中表现得尤为出色。放下了昔日的光环，她走向了新的起点，为自己拼出了一个想要的未来。

你的未来

我们在生活中常常会做给自己设限的事，顾虑重重，怕这怕那，渴望精彩，却又不敢迈出脚步，所有让自己变得更好的可能，都在一开始就被扼杀了。

不要再用"我还年轻"来麻痹自己了，你知道你的"同龄人"在做什么吗？除了年龄一样，阅历、能力、见识，你们已经是天壤之别了。在你每天打游戏熬到深夜的时候，人家加班到深夜，你耗费的是时间，人家增长的是能力；你在为一件 400 元却买不起的裙子而发愁，人家在为一个 400

万的项目拼命努力着。

渴望精彩，又惧怕未来，你是真的渴望吗？那为什么不敢试一试？怕输的人永远怕的都是失去自己已得到的，想赢的人永远怕的是自己得不到想要的。志不求易，事不避难，想赢的人，从来都是把目标放得更远，从不怕难，然后一路狂奔。勇敢迈出你的脚步吧，聚焦到你最渴望的事情上，将它做到极致，你看看谁的未来不是靠一次次跌倒又爬起拼出来的呢？

"向前跑，迎着冷眼与嘲笑，生命的广阔不历经磨难怎能感到，命运它无法让我们跪地求饶，就算鲜血洒满了怀抱。继续跑，带着赤子的骄傲，生命的闪耀不坚持到底怎能看到。与其苟延残喘，不如纵情燃烧吧，有一天会再发芽……"一直很喜欢《追梦赤子心》中的这段歌词，每次听到都觉得很赞。勇敢前行吧，纵情一跃的青春，才会真的燃起生命的精彩。世界之大，为你想要的未来，走自己的路，这样的你很酷！

谁的前路都不轻松

电影《这个杀手不太冷》里，玛蒂尔达问杀手："是不是人生总是如此艰难，还是只有童年如此？"杀手莱昂回答：

"总是如此。"如果你确定是在前行，那么越走越难是正常的。你感觉不轻松，这说明你在走上坡路；若一切都来得那么轻松，你便不会成长，所有太轻松的事都等同于在浪费时间。

我来说说我和房子的那些事儿吧。我在北京有过5套房子——租的。每一个北漂的人，提到心酸的事儿都有租房一项吧。朋友阿优遇到过最悲惨的事是她在赶去上英语班的路上，被中介通知房子到期了，只这一句话之后，她的行李就被扔了出来。她再给中介打电话，关机。黑中介，就是那种黑得无影无踪，收好钱后，不见人，你们懂的。

和她相比，我算幸运点，行李没有被扔出来，只是被骗了钱而已。我刚来北京的时候，租了一个次卧，和妹妹一起，她来上学，我来工作。2012年，我清晰地记得自己第一次发的工资是1450元钱，半个月的，除了拿来和妹妹一起庆祝下第一次发工资的欣喜，吃了顿200元的饭，剩下的都拿来贡献给了房租。房租是1600，还没够，家里还给我填补了几千元。中介可谓十分热情，和我们畅谈了很久，我们放心地把房租交了，交过之后，就再也没见过中介，就这样，被骗了4000多元。

第二次再换房，我慎重了很多，因为有了血的教训，你不得不慎重。我和一个要好的朋友合租，这次是住在了比较偏远的地方，上下班车程都要两个小时，为了节省房租开支。这次是和房东直租的，还算不错，我们平稳地度过了两年时光，没有被坑。

朋友打算回老家，依依不舍地送别她后，我又要面临第三次换房。这次打算离公司近一点，因为是下班时间去看的房，没有看好房间的采光问题，结果这一次又被坑了，整个房间采光十分不好，我每天只要回来就要开着灯，不然白天就和晚上一样，就这样我坚持了将近一年时间。还有一个月就到一年的时候，房东通知我们要卖房，让我们赶快换新房，我和另外两个卧室的室友又不得不马上面临换房子的事，一个月的房租也没有被补偿。

第四次，我又选择了自认为大的中介，不是黑中介了，只是房租高点。还有一周的时间，我的房子就到期了，我用了一周的时间迅速找了个新房子，和一个不认识的女生临时拼租的。这一次还算好，我们没有在房租上被坑，只是我们把房东的房子给翻新了一下，洗漱间各种零部件要换，厨房各种零部件要换，住了三年后，房子配置都被我们给换成全新的了，不然你根本没法使用。

第五次再租房，我掌握了丰富的知识，可以和中介斗智斗勇了，但是道高一尺，魔高一丈，他们总会在房租上给你埋下陷阱，只等着你来跳。几年后，工资待遇比以前好了很多，我也不想再和他们计较太多，只觉得房子住得舒心就好。

在北京有很多人都有着十年以上租龄，可能有的人已经数不过来换过几次房了。不过大多数人第一次来北京租房都有被坑的经历，只是有的被小骗一次，有的被坑得惨不忍睹。这种不稳定，给很多人带来了很大的不安全感，但是依然有很多人坚定地选择了北漂，我想是因为他们心中有梦还未实现吧！

我们都是爱挑战的人，我们心里都有着些许的不安分、不甘心，所以选择了北漂。人生就是这样一个过程，我们惶然迎来一个又一个挑战，然后欣然接受一个又一个挑战，最后淡然战胜一个又一个挑战，这才是生命该有的姿态。越努力越幸运，当你发现又战胜了一个困难，使自己再次增值，这就是最大的财富。

《管子·权修》篇中说过这样一句话："一年之计，莫如树谷；十年之计，莫如树木；终身之计，莫如树人。"我们不断地充实自己的大脑，就是不断积累财富的过程。修身，需要一辈子的时间。

齐白石，近现代著名国画大师，他早年备受冷落，晚年才盛誉加身。他认为自己的"寂寞之道"是自己一生都要恪守的信条和成功的秘诀。

1920 年到 1929 年间，齐白石凭借着超常的毅力，十年时间关门谢客，潜心研究。他为了作画不会分心，宁愿忍受孤独，不参与应酬，自己默默作画，这样坚持了十年。十年啊，恐怕有的人连一周都坚持不了。过着几近与世隔绝的日子，这种孤独不是每一个人都能承受的。"自古才清多寂寞，从来高处不胜寒"，艺术大师的寂寞，像照亮他前行的明灯一样，闪闪发亮。

齐白石曾自叹："一天不画心慌，五天不刻手痒。"严格的律己，让他形成了一种习惯，终日与画为伴，这种潜心钻研的精神才构成了他传奇的艺术人生。

生活就是这样，如果你想始终保持向上前行，之后的每一步都会越来越艰难，你只能自己忍受。如果你不想挑战，不想严以律己，甘心归于沉寂，那生命的孤寂也就会降临了。你甘于在追逐了一半之后原路返回吗？生活就应该是不要舒服，不要安稳，不要一眼望得见的乏善可陈。丰富自己，给自己增加更多的筹码，你可以不成功，但不能不成长！

让自己变好的过程，都不会太轻松

人在青年时就应该像狮子，充满着无限的勇气，但随着时间的渐渐推移，有些人的这种勇气被削弱，本能里的那些勇气和欲望，在不温不火的日子里像中了化骨绵掌一样选择了落败。

你是否对自己的现状有过一些担忧？这样安逸却不满意的日子你还要持续多久？你也曾试图改变，但一到该付诸行动的时候，你又选择了退缩。让自己变好的过程，是量的积累，这一段路无法用时间来计算，也许会很长，但想要看到变化，就只能选择坚持。

朋友桃子在上高中的时候，是个很不起眼的角落女生，很没自信，走到哪里都是挤在人群中最后一排。高中学习生活很辛苦，她的父母担心她身体吃不消，就给她吃了很多高热量的食物，当然这里面也有高脂肪。一米六三的她，原本体重是 110 斤，在高考结束之后，却骤升到 140 斤。所有的衣服都换成新的，原来的已经穿不进去，她也不敢再穿裙子了，觉得那样会显得身材臃肿。当她的录取通知书到手的时候，她打算在大学开学前让自己瘦下来，她要在大学里给人一个全新的形象。

高三毕业的假期对于她来说就是减肥魔鬼训练，她报了针灸减肥。每周都要去针灸，每一次针灸都是全身扎满了密密麻麻的针，我在一旁看着都觉得恐怖。她说想瘦下来，这些都可以忍住。我们一同出去聚餐，大家都在吃着各种大餐的时候，桃子却坐在角落里啃黄瓜，一点肉都不吃，我们劝她少吃点，却被她坚定地否决了。晚上她从不吃晚饭，肚子饿到咕咕叫的时候，她用看动漫来化解，看着看着直到睡着。

出去毕业旅行，桃子也明确了自己的态度，绝不吃一口肉，只吃一些青菜，主食也吃得很少。我们每到一个地方，都想把各种美食尝遍，桃子却一个人选择吃她自带的水果和一点青菜。我问桃子："出来旅游，你不吃点当地特色美食太亏了。"桃子说："吃了才亏，我的计划就前功尽弃了，我得努力坚持啊！"就这样，我们吃得不亦乐乎，桃子却在一旁啃着自己的苹果。

果然，功夫不负有心人，大一开学前的两个多月里，桃子减掉了 30 多斤肉，她的体重恢复到了 105 斤，来见我们的时候，桃子穿了一身漂亮的雪纺连衣裙。她说自己终于又有自信再穿回裙子了。减肥，看似稀松平常，但是大多数人都是喊喊口号罢了，最多坚持一周，然后又继续自己的胡吃海塞。像桃子这样可以坚持到出去旅行都依然能抵住诱惑的人，还真的是不多。坚持不住，前功尽弃；坚持住了，就会变得更好。

骑哈雷摩托，是男人们的专利。哈雷摩托车体很重，女生很难驾驭，但我认识的一个女生阿亚，她骑哈雷摩托却不逊于男人，并且她还组织了自己的哈雷摩托车俱乐部，让更多的女生可以一同骑着哈雷结伴而行。她说热爱哈雷是因为喜欢骑着哈雷摩托行驶在路上，喜欢那种迎着风，感受风直接拍打在身上的力量，感觉能更近地融入自然，这是她很向往的。哈雷是代表自由的，她喜欢骑着哈雷随时开始说走就走的旅行。

阿亚曾经是不太爱说话的人，在别人看来她是很高冷的那种，不太好接近。一次她看到几个骑着哈雷摩托的朋友谈天说地，非常羡慕，被他们之间那种互动的画面所感染，她决心去学骑哈雷摩托，她也想像他们一样骑着哈雷摩托自由驰骋。阿亚看上去很柔弱，刚开始她想学骑哈雷摩托，家里人都不支持，说一个女生学那种东西太危险了。阿亚说自己会把握分寸的，坚持要骑哈雷。

学骑哈雷的过程对于阿亚来说很难，哈雷车体很大，想要把哈雷支起来都是个困难的事。骑着哈雷画圈的动作，阿亚练习了很久，手一直紧紧地握着，都练肿了，腿上也被刮伤了，但她都没有放弃，终于学会了。骑哈雷让阿亚的性格也慢慢地改变了，她变得比以前爱交流，更阳光，更积极，把骨子里的热情都释放出来了，父母虽然没有说多支持她，但也渐渐默许了这件事。

阿亚想要的不只是自己骑行，她了解到很多女生也像她一样热爱哈雷，但都是独自一人，她想如果自己建立一支女子哈雷车队，大家可以结伴骑行该多美好啊。阿亚有自己的设计公司，当她有了成立车队的想法后，就把自己的公司全部交给弟弟来管理，自己的时间都放在车队建设上，还瞒着父母为车队搭进去了近40万元，把自己平时的花销降了很多。

一次做活动时急需钱，她就花掉了弟弟结婚的礼金，弟弟很生气地问她，和那些人也不熟，为什么要给她们花这么多钱呢？但当他看到姐姐和这些人在一起玩得很开心，他也就渐渐理解了，他花了几千元请阿亚和车友们吃饭，说希望她们到60岁的时候，还在一起，还能这么开心。团队每一个人到了60岁生日的时候，只要她们还在一起，他就还会请客。

车队成立起来，也会面临各种各样的问题，都说三个女人一台戏，这么多女生在一起，肯定会有层不出穷的问题。阿亚带领成员们去参加活动，经常会因为活动承办方没有按照承诺的标准接待，和他们争吵，但是成员们对此往往都不了解。有的人因为没有分到大床房不高兴，有的人因为住酒店没有分到喜欢的楼层不高兴。

　　阿亚也曾想过放弃，觉得自己这么辛苦又这么心累，也没人理解，干脆放弃算了，实在坚持不下去了。她打电话给一个学佛学的哥哥，说自己要放弃了。那个哥哥问她是不是喜欢这个团队，是不是喜欢这些姐妹、喜欢哈雷；这个团队组建这么不容易，现在想放弃，想自己逍遥自在，不应该这样，应该对这个团队多一点包容，让大家都开心，让团队更好，要把矛盾化解开。阿亚想了想，心结解开了，她继续坚持了下去。

　　经历几次大的活动后，阿亚和她的车队成员们也积累了很多经验。每当遇到问题时，阿亚就会想起那个哥哥对她说的话，心态也就变好了很多。车队的成员们也对阿亚更加信任了，这个团队也更有凝聚力了。阿亚希望所有车友在哈雷中感受到更多的是快乐，而不是抱怨、争风吃醋。未来，她希望全国各地都有她们车队的成员，每年可以有世界各地的成员们一起骑行，一起做活动，希望这个团队能一直在。

　　如果你想成为更好的，首先必须克服自己从前无法克服的，否则你怎么完成对自己的超越？哪怕痛苦挣扎，哪怕遍体鳞伤，也不要怕。在这个世上，我们每个人都是一无所有地来，有什么输不起的？全力以赴，不要只做在角落里的背影，你为什么不可以凭借自己的努力，让自己在舞台中央闪闪发光呢？

没有谁是你的避风港

　　小时候，我们总觉得父母就是我们最大的依靠，不论你在外面受了多少委屈，都有父母给你撑腰，家就是我们背后永远的保护伞，给了你最大的底气。你背着小书包，恨不能立刻飞奔回家，哭哭啼啼地向父母哭诉在学校受到的委屈，父母总会给你想一个解决的办法，当你脸上重新出现笑容时，父母那颗悬着的心才会放下。父母用尽自己的气力，尽量为我们营造出一个近乎完美的幸福家庭，希望可以给我们最好的生活。

　　成长是痛苦的，我承认，但是我们必须成长，那种无忧无虑的日子不会永远属于你。当你最后一次关上大学宿舍的门，也许你会痛哭流涕，备感无力；拖着行李走出校门的那一刻，你要去寻找第一份工作时，你必须知道最后的一个象牙塔也没了。我们就这样迅速地被推向了社会，虽然未知太多，但你必须融入社会的残酷竞争中了。

　　我们为了各自的梦想坚定地坐上开往异乡的列车，父母望着远去的列车，一直在挥手，直到车尾也早已远去，才肯离去。中国的父母是最伟大的父母，因为他们一生都在为子女奔波。但时间是一把利器，父母走路渐渐变得缓慢，白发也悄悄地赶走了黑发，他们也会有无力的时候，"子欲养而亲不待"，因此你必须让自己迅速成长起来，当父母已无力再做你坚强的后盾时，你必须为他们做些什么了。

你必须清楚，梦想是你自己的事，没有谁有义务为你负担，没有谁可以一辈子让你依靠，父母也一样，他们有老去的一天，你必须学会独自面对。你的避风港只有你自己，你只有自己变强，才能给自己底气。而只有稳定的能力，才会给你稳定的生活。

很多人认识黄渤是因为电影，认为他是一个优秀的电影演员，但却并不了解在成为演员之前，他还做过很多其他职业，比如做过编舞，当过教练，还做过一段时间的小老板。1993年，高中时期的黄渤走进歌厅做了驻唱歌手，并做了7年的舞蹈教练。当时周迅、满文军、满江、零点乐队、胡东、沙宝亮等都跟他一起在各个酒吧间跑场子。

那时北京的冬天很冷，黄渤住在郊区的农民房子里，大冬天的每天蹬两个钟头自行车去酒吧唱歌跑场。很多跟他一起跑场的都火了，他也打算自己写歌，送小样去唱片公司，但总是没有被眷顾，他一直没火。

一直这样漂着，家里人开始担心了，想尽各种办法，想让黄渤回老家，黄渤的姐姐自己开了个公司，想让黄渤回家帮忙，给他买房买车，但他就是不甘心，想"赖"在北京。在北京漂得久了，他形成了一套自己的生存法则。

黄渤在北京一直都郁郁不得志，他也曾陷入过焦灼的状态中，他每天早上起来就在床上呆坐半小时，想想自己接下来该干吗，一天下来他必须强迫自己去做一件有意义的事，才会觉得踏实。

2000 年，好友高虎让黄渤去演管虎执导的电视电影《上车，走吧》。这是黄渤的第一部影视作品，拍摄的时候他完全不知道剧组是怎么回事。他自己在片场演戏时，觉得不满意就会喊停，他说当时根本不了解导演是做什么的。没想到第一次拍摄，就获得了 2001 年度金鸡奖"最佳电视电影奖"。黄渤一下子火了，火得有点让他不知所措。

后来很多公司来找黄渤，还有公司专门为他定制剧本。黄渤演戏的机会一下子多了起来，他最后从中选择了一部电视剧《黑洞》，饰演的是一个警察，这一次选错了，这个角色没什么台词，也没能体现他的演技，很多导演制片人开始认为他可能是个业余演员，碰巧演《上车，走吧》获了奖。

黄渤决定去报考北京电影学院，他想给自己一个留在北京的理由，同时给家人一个交代。终于，他考上了北京电影学院的配音表演系。他自嘲，自己每次进校门，都会被保安拦下，不相信他是表演系的学生。面对别人的质疑甚至是嘲讽，黄渤自有一套心理战胜法：当别人把你看低的时候，你先把自己放在最低，这样在别人眼里你只能上升了，没办法再降低了。

在影视圈打拼你不仅需要能力、实力，还需要承受力，人情冷暖，点点滴滴只有自己去体会。但轻视也好，嘲讽也罢，都没有把黄渤压垮，反而成为他不断前行的动力。他经历的最大一次打击是杨亚洲导演拍摄的一部戏，让他去演一个劫匪的小角色。导演进来时，有人告诉他黄渤就是演劫匪的，导演直接火了，说这不是胡闹吗，这哪儿行？然后就走了。他在外面跟工作人员说，黄渤根本撑不起来，这角色戏不多，但是挺重要，不能乱找，这是什么东西啊！黄渤听得清清楚楚的。

副导演担心被导演骂，就想了一个办法，让黄渤先套上衣服，让导演看一眼，要是不合适再换，结果导演没说什么，让黄渤直接开始了。黄渤虽然嘴上什么都没说，但是心里默默较着劲儿，要是演不好，誓不为人。演第一遍，导演就说"好，过了"，副导演长出一口气。黄渤接着跟导演说再换种方式演一遍，导演又说了一遍"好好，不错"。黄渤又说还有一种，导演说"不用了，很好了"。拍完之后，黄渤出来，副导演走到他身边说真棒，刚才他一来就看黄渤肯定行，真不错。

黄渤没有在言语上进行反驳，而是用自己的实力狠狠地出了一口恶气。2009 年，黄渤凭借在电影《斗牛》中的精彩表现，第一次获封了金马影帝。回顾这部戏的拍摄过程，黄渤说自己在封镜的那一天号啕大哭，本来计划拍摄一个半月，结果拍了四个月，一个镜头几十遍，甚至上百遍，因为主角是他和牛，牛很不好控制，每天出工都是一个地方，每天 40 多分钟进一座山。黄渤告诉自己，任何一部戏都有结束的一天。终于，功夫不负有心人，这部戏让他一战成名，获封影帝。

回忆自己十多年的磨炼，黄渤将它比作一个大的记忆卡，是过去给现在的一份礼物。对现在的事业来说，之前已经在里面装了好多东西，但这份礼物送给自己的时候他并没当成礼物，只是感觉冥冥中好像有种东西赠给了自己。

若要向前，就必须风雨兼程，没有谁会轻易获得荣誉。你想要名利，那么就别去厌烦名利场的纷繁复杂；你想要眼界，就不要担心探索世界中的荆棘之路；你想要成长，就不要畏惧痛苦、磨炼给你的负重前行，没有谁可以做你永远的依靠，我们必须不断完善自己，必须不断进步。前行的路没有平坦的，都是陡峭的，你若想登上山顶，那便要做好心理准备。强大的后盾，坚实的基础，只能是你自己。

害怕，会给你带来什么

往往人们最害怕什么，就是他最大的症结所在，只有战胜它，你才有可能向前。

我有一个朋友小天，特别乐观开朗，我们每次聚会时，她都是笑得最开心的那一个。去年夏天，我们再聚会时，小天却很少参加了。我打电话过去，她的声音总是很低沉，她说她开始有些怀疑人生，不知道自己这一路的辛苦付出是否值得。我追问她发生了什么，她说没什么，只是有点感慨，再后来她就像消失了一样。

　　过了几个月，已是深冬，小天给我打来电话主动约我们吃饭，我知道那个她又回来了，最爱吃火锅的她，最能吃麻辣的她，脸上又露出了久违的笑容。我问她那段时间怎么了，像变了个人。她说："别提了，那段时间，我简直快疯掉了，我感觉每一天对于我来说都是奢侈的，我突然觉得我的人生不知该追求什么，我每天被恐惧占据着，什么都不敢往下想。"她是一个只有28岁的女孩儿，怎么会突然有这样的想法？

　　小天说都是因为一次体检闹的，她去体检，医生说她可能得了淋巴癌。回去的路上，小天吓得腿都软了，她回忆说，自己那天是怎么回到家的都不知道，整个人都是蒙的。回到家中，她一个人坐在沙发上哭泣，一直哭一直哭，她不知道接下来该怎么做。她不敢给家里打电话说这件事，只是一再嘱咐父母一定要好好照顾身体，她不能总是陪在他们身边，让他们别亏待了自己。

　　第二天，小天到公司请假，说自己太累了，想要休假一周。领导说："可以再晚两天吗？公司的业务比较忙，需要你在岗位上。"小天说："不行，领导，我现在必须请假，我觉得我的状态工作不了，我必须出去调整调整。"其实她心里想的是，我的命都快不在了，我还在意这份工作吗？

　　第三天，小天一个人跑到了云南大理，面对着美丽的大理风光，她依然无心观景。她就这样一个人傻坐在藤椅上，她不理解，她抱怨为什么这么倒霉的事就落在自己头上。才 28 岁的她，还没有好好地享受生活，怎么就要这样匆匆结束了自己的生命？这不公平，想到这里她又开始哭泣。她面前一群嬉戏打闹的孩子玩得不亦乐乎，但她完全无法融入他们的快乐，只觉得太过吵闹，她又一个人回到房间。

已经连续四天，小天一直都是失眠，她闭上眼就会出现各种恐怖的画面，她无法安睡。这是她第一次来大理，原本她想自己欣赏欣赏风景，或许心情会好些，没想到糟透了，这里的美景好像与她无关，她就像自带了隔离罩，与这个世界隔离了，她无法安定下来，这里发生的一切，她都无法参与进来。

公司人事打来电话，通知小天可能无法再在公司继续工作下去了，他们临时借调了别的部门的人员，觉得还不错。虽然工作没了，但小天根本没时间去在意这个，她只想知道自己还能活多久。妈妈给她打来一通电话询问她最近工作忙不忙，是不是顺利，她用很不耐烦的语气匆匆挂掉了电话，接着又是一阵哭泣。

行程的最后一天，一通电话拯救了她，是医院打来的，向她表示深深的歉意，说她的诊断出错了，得淋巴癌的不是她。放下电话后，小天立刻神清气爽，她从床上跳了起来，然后坐到梳妆台前化了个精致的妆，换上了新的裙子，走出房间，这一次，她发现大理好美，这个世界她很留恋。她跑到孩子们中间，和他们玩了起来。

得知误诊时，虽然已是行程的最后一天，但小天这时才发现大理的美。她打算留下来，多待几天，再重新欣赏一下这个美丽的地方。工作可以再找，她一点都不急着回去，她要开始重新享受这个美丽的世界，那时的她终于理解那四个字："活着真好。"

害怕，就像是一个连锁反应，当你恐惧一个事物，接着你会恐惧一切，甚至对这个世界产生怀疑。恐惧会驱使人们走向任何一个极端，它不仅让我们失去了勇气，也会导致判断力的缺乏。恐惧是迷信的开始，每发生一次新的灾难，都会让你联想到一定与这件事有关，这种胆战心惊会扰乱我们心中的镇静，让我们对一切都不知所措。

生活在这个世界上，我们就不得不面对各种的突如其来，但不是每个人都做好了心理准备。当你对任何事情都显得措手不及、无所适从的时候，你只会一败涂地。遇到任何问题，都不要惧怕，因为事情发生了之后，你的惧怕起不到任何作用，只会让事情变得更糟而已。让自己的内心强大起来，找到自己最害怕什么，然后告诉自己慢慢来，我对这个世界很有耐心，一点点战胜它，就是你成功的开始。

练就强大的内心，做任何事才不会慌张，而这个强大的内心需要你多次的经验总结。越过了大山大河，谁还会在意小河沟的事情呢？我们需要先让自己的内心丰富起来，然后不慌不忙地做好与这个恐惧进行持久战的准备，坚强地应对，只有战胜了它，你才能战胜一切，你才能赢得一切。

不敢尝试是世界上最可悲的

　　小时候的我，属于胆小怕输的类型，总是担心自己出错，不敢去冒险，在没开始之前，会先给自己设置一堆障碍，然后就不行动了，最后搁置时间久了，自己劝自己算了吧，困难那么多，是不可能实现的。

　　这样的念头是很可怕的，自己先故步自封了，别人连帮助你前行的机会都不可能有。后来，成了北漂，很多事情逼着你必须前行，面对压力，面对着别人每天都在进步，面对着你还一个月赚几千块的工资，而人家已经开始赚几万，你还在原地踏步地给人打工，而人家已经有了个千万投资的公司。你的不进步，相比就是退步，北京是一个不养闲人的地方。如果你不能进步，你很快就会被这座城市所淘汰，你也很快就会失去在这里生存的资本。

　　很多事情不是等你准备好了，才会降临的，所以你要学会迎难而上。时间久了，我似乎已经消除了从前的那些顾虑，没有了怕这怕那的想法，因为你根本不用想那些有的没的，先做了再说。如果后面是追兵，前面是悬崖，你跳还是不跳？我想你根本就来不及思考，只能选择跳吧。也许悬崖下面是河流，也许会让你有生还的可能，这种看似选择题，其实只有一个答案：迎难而上！

经历丰富了，你的胆识也会增长很多，从前那些认为是天大的事，也会不那么在意了，都变成了很微小的事。没什么可怕的，大不了重做。

我的一个朋友阿亮，是做设计的，他很喜欢画猫头鹰，但他说不上具体是因为什么，大概猫头鹰的样子在他看来有些呆萌吧。他画了各种各样造型的猫头鹰，每天都坚持画，任何事物都有可能让他对画猫头鹰产生新的联想，哪怕是一片叶子，路上见到的一辆车，甚至是一杯咖啡，都会对他有灵感的触动。他对画猫头鹰陷入了如痴如醉的状态，人或许只有在这样的状态下，才会发生奇迹吧！

阿亮所画的猫头鹰造型各异，形态百变，十分生动。他在三年的时间里画了2000多张猫头鹰。有一些公司的老板看到他画的形态各异的猫头鹰，让他给自己公司设计和猫头鹰相关的产品。有人找他设计过定制冲浪板，也有做首饰的，还有人找他拍纪录片。阿亮就这样因为画猫头鹰而得到了很多新的机会，也结识了很多新的朋友。

阿亮在贴吧上发帖子，说自己非常喜欢画猫头鹰，想征集一些和猫头鹰有关的物件，很多人在贴吧上看到他的帖子，被他的坚持所感动，在他的带动下，一起搜集猫头鹰的相关物件。很多同样喜欢猫头鹰的朋友因此结识阿亮，他们成为很好的朋友。

时间久了，阿亮形成了一个习惯，就是无论到了哪个地方，他都会寻找和猫头鹰有关的东西，比如邮票、报纸、杂志等。他还一直在自己的微博、贴吧，和同样喜欢猫头鹰的朋友们共同探讨关于猫头鹰的产品。他画的画越来越多，开始希望未来自己可以有一个小小的展览馆，就展示自己画过的几千张猫头鹰。他希望未来有更多的人看到他画的千姿百态的猫头鹰。

朋友们一直和阿亮保持着来往，不论认识或是不认识。很多人从世界各地为他寄来各式各样的猫头鹰物件，有人从日本寄过来，有人从中国台湾寄过来，有人从法国寄过来，有人从美国寄过来。阿亮非常感激这些萍水相逢却给予他这么大帮助的朋友，他将自己画过的猫头鹰送给朋友们作为感谢。他的微博上经常有人留言告诉他关于猫头鹰搜集的情况。

好运总会降临在那些有准备的人身上，好像冥冥中注定会得到回报一样。有一次阿亮在咖啡厅里画猫头鹰时，深深地吸引了邻座的两个人。其中一个人走过来问他画猫头鹰画了多久，他说已经三四年了。那个人认真地看过阿亮的一些猫头鹰画作后，邀请他到自己的公司面试。

原来这个人是华为的人力总监，他觉得阿亮的猫头鹰画得很好，设计思维也很棒。他表示阿亮如果可以来华为的话，公司愿意为阿亮的设计提供资金支持；如果成为华为的员工，月薪也将达到3万~4万元。在这之后，阿亮经过近半年的努力，终于成为华为的一名员工。在那里他将会收获更多，不仅是成为一名员工，同时他对猫头鹰的设想和创意也会得到公司的支持。

阿亮其实有一个梦想，就是未来的某一天，他的众多猫头鹰画作可以放在自己开的咖啡厅里，得到更多人的喜欢和热爱。也许未来的某一天，你在城市的哪一个角落看到一个猫头鹰主题咖啡馆，说不定就是阿亮的咖啡馆。

没有做不到，只有想不到。没有实际行动付诸实施，你怎么有资格评判这件事行不行呢？不要成为一个只说不做的空想家，你的不作为就是最大的退步。不要放弃任何一个可以让自己进步的机会，你不试试，怎么知道自己不可以呢？在所有能够收获知识的地方让自己吸收更多养分，不要轻易失去任何一个机会，你的大脑需要各种知识的滋养。这各种各样的知识会丰富你的大脑，让你的阅历更丰富，能力更突出。

我们的大脑都有着无限提升的空间，不要害怕大脑会被填满，它远比你想象的要强大。在所有的投资中，投资自己的大脑一定是回报率最高的，它最稳妥、最有效，不会让你失望，还能一次次地给你无限惊喜。世界很大，不要让自己大脑中储存的知识只够填满一条小河，而应该向更广阔的大海招手。

怕也无用，该来的一定会来

这世上有一种恐惧是我们无法避免的，那就是天灾。的确，面对大自然的突然发怒，我们人类显得非常渺小，甚至是不堪一击，没有更好的办法，我们只能面对。

2008 年 5 月 12 日，是中国人都不愿回忆的永远的痛。十年过去了，真的很快，但是那一天，我们每个中国人都会深刻地记一辈子，虽然一直都不想提起，因为那里面有太多的伤痛。2008 年年初，我们都还沉浸在北京可以举办奥运会的喜悦中。火炬传递，鸟巢、水立方场馆的建设，都牵动着每个中国人的心，那时的我还是一个高中生，特别渴望能来北京亲眼看一看奥运会。

5 月 12 日 14 时 28 分 04 秒，以汶川为中心的八级地震在短短 2 分钟内，摧毁了汶川、北川、绵竹等 10 个市县，这是继 1976 年唐山大地震之后伤亡最严重的一次地震。记得当时，我们还面临着紧张的学习生活，没有那么多时间在家里看电视、看报道，我就在中午的时候到报亭买报纸，边吃午饭边看报纸，及时关注四川的情况。

汶川发生地震后，中央以最快速度派出了抗震救灾部队，被称为"中国奇迹"。虽然还有余震，但是根本没人有时间去担心这个。很多志愿者也纷纷从四面八方赶往汶川。印象最深刻的是当时温家宝总理写下的"多难兴邦"四个大字。面对天灾，我们每个人都显得那么无力，但我们依然能顽强地挺住。

那一段时间最关注的消息，是地震中又救出了多少人。新闻24小时不间断播出，很多和家人失联的人在焦急地等待，在电视和报纸上不停地寻找着。看到地震中令人动容的悲伤画面时，我也落泪不止。那时的全中国都在组织募捐活动，我们学校也组织了募捐活动，很多学生把自己的生活费都捐了出来，我因为是班级中捐款最多的被颁发了红十字会的纪念奖章。

后来学校还组织为地震中死去的同胞们默哀，低下头静静默哀的同学们眼圈中都泛着泪光，作为高中生，我们还不知那时我们可以再多做些什么，无法到前线作为志愿者给予支援，能做的只是在心中默默祈祷，为他们祝福。

地震虽然无情，摧毁了我们的家园，但是面对着这无情的天火，我们不会惧怕，我们依然会坚强地挺住，希望可以救出更多的人，希望可以让更多的人有活下去的可能。地震中有许许多多感人的故事，鼓舞着更多的人不要惧怕，灾难虽然来了，但是我们依然要积极地生活。地震中身处灾难的人们坚强鼓舞着每一个人，那种生的渴望感染着每一个人。

3岁的"敬礼娃娃"郎铮让很多人为之感动，十年过去了，那个小郎铮已经 13 岁了，他依然珍藏着那张对他有着特殊意义的照片。照片中，8 名解放军战士正在用一块小门板做成的临时担架从地震后的废墟中抬出一个满脸伤痕、满身是土的小男孩，小男孩高高举起自己稚嫩的右手，向解放军战士敬礼。

只有 3 岁的郎铮在这样危急的情况下，却还记得给解放军战士敬礼以表达自己心中的感激。2008 年 5 月 13 日上午，小郎铮被埋在废墟下已经 20 个小时，20 个小时被压在废墟下，会非常害怕、恐惧和无助。终于重见光明，那是一种怎样的喜悦，对于一个 3 岁的孩子来说，那是重生的希望。

小郎铮的父亲就是一名人民警察，从一岁多他父亲就开始教他敬礼，并告诉他这是表示对别人的尊敬和感谢，所以被救出后，他心中的无限感激，让他下意识地做了个敬礼的动作。

地震给当时经历过的人们带来的身体和心理上的创伤是巨大的。小郎铮左手坏死的小指和无名指被切除，心灵上的创伤让他在很长一段时间里备受煎熬。地震过后怕黑和独处，从梦中惊醒，这些都是他所表现出的恐惧心理。随着时间的流逝，地震的阴霾在他心中渐渐散去，他不再介意别人提到那场地震，尽管回忆起来仍心有余悸。但小郎铮坚强地说："那么多人都因为地震去世了，而我却活了下来，所以我要坚强地活下去。"

生活中，有些突如其来的意外是我们无法预料的，我们能做的只有勇敢面对。每个人都会在生活中遭受打击，每个人都会在前进的路上遇到各种各样的困难，那些最终能战胜困难的人，不是他们不在意，而是他们比我们更有勇气面对这个世界。

面对亲人的生老病死，我们无法左右，即使再痛苦也无济于事。没有人能坦然面对这种生离死别，但是我们又能怎样呢？我们能做的只有默默地珍惜眼前的一切，珍惜生活，珍惜当下，更好地生活下去，才是我们对那些逝去的亲人最好的告慰。

是的，我们必须承认，有很多无奈就这样悄然而至，但我们必须做到拿得起，放得下。拿得起喜悦，放得下痛苦，要有一个乐观豁达的态度。生命是个周而复始的过程，我们无法左右周遭，我们存在这个世上的目的很简单，生下来，就必须活下去。

我们不知道这一生会遇到多少人生难题，也无法猜测出来。但是请相信，所有我们遇到的逆境都只是生命中的小插曲，用微笑面对一切可能遇到的问题吧，没有什么苦难是过不去的，只要你的心里过得去。

该来的总会来，该放的必须放，我们无法预测明天和不幸哪一个先到来，但我们不能放弃更好的希望，既然有了每一天的存在，就让每一天过得踏实，活出精彩。生命的质量远比长度更重要，我们每个人都不是为了来这世上受苦的，而是为了向更好迈进，如果你有可能更好，为什么不去努力呢？

唯有心清，伴你一路远行

　　我曾经是一个心理素质很不好的人，有些悲观主义，什么事都爱往坏的地方想。朋友开玩笑说我是不是有被害妄想症，我说当然不是，可能是我对人生的态度有些消极吧。初中时，平时测验同桌都不如我，但我总是在考试时不如她。用她的话说，她是临场型选手，自己平时背的恰巧考试时都考了，自己也恰巧都记住了。我呢，由于考试时一紧张，头皮一发麻，原本印象深刻的内容都忘了，考试前倒背如流的也忘记了一半。

　　每次考试成绩下来前，我都紧张得不行，手心出汗不止；她呢，倒是不在意，并说："我是乐天派，我尽力了就行，我会的都答对了就行。"我一度很羡慕她的这种乐观，而我自己总是会潜意识里给自己制造很多麻烦，不能轻装上阵，考试时总是充满了负担。

　　我曾多次培养自己的乐观心态，听听励志歌曲，捧读过的励志书再重新温习一遍，或是看个励志电影激励下自己，渐渐地，我发现这些都是辅助方法，的确有效，但更主要的还是要从心理上战胜那种恐惧，心无杂念才能把事情做到最好。

多次锤炼自己，反复提醒自己向积极的方向看，"我也一样可以"，积极的心理暗示会让你愉悦振奋。经历的次数多了，我渐渐可以变得不那样慌张了，也可以沉着应对了。很神奇，事情的过程都一样，但消极对待和积极对待收到的效果却是不一样的。

积极的人能够做到心静，专注地去做一件事，这样效率就很高。消极的人常说的口头禅是"怎么这么倒霉""又要出错了""完了这次"，等等，这样潜意识里就在暗示这件事做不成了，越是这样想，原本可以做成的，或许真的做不成了。而积极的人会说"没事""应该可以的""不是太难的事""总能搞定的"，等等，潜意识里暗示自己只要肯努力地去做，这件事就有希望，最后事成的概率更高。

意志消沉的人，大多数有从众心理——为求融入集体而人云亦云。一个人抱怨天气、抱怨社会、抱怨同学，另一个听到也跟着鹦鹉学舌，连连点头谩骂，全然不顾是否正确，也不顾是否有必要这么做。人们都只趋于抱怨生活的种种，而不是去发现其中值得赞美的地方。

我曾经也是一个这样的人，思想容易随着周围人的想法而转移，大家都说好的，我也觉得好，大家不喜欢的，我也不喜欢，我当时把这叫作"合群"。以前父母总是教育我们要合群，要跟着大家走，但是长大了你就会发现，你的想法就是和他们不一样。他们为什么都不理解你？别人为什么要理解你？你又为什么非要别人都理解呢？

有一句话我很喜欢："如果你做的事要让所有人都理解，那你得普通成什么样？"是啊，我们为什么非要征得所有人的同意？这是你自己的事情，你自己觉得对就去做好了，认为可能要失败，做好心理准备就好了，自己决定放弃或是再尝试。

不要太在意别人的想法，不要让那些杂音干扰了你。你需要沉静下来，想想自己需要什么，想好自己每一步该如何迈出。没有人能替你去做这一切，而且他们不是你，怎么会知道你会不会创造奇迹呢？乐观面对，以一种豁达的生活态度，去面对即将发生的一切。

我的一个朋友小源，她常遇到事情就暴跳如雷，接下来就是无尽的吐槽。一天她给我打来电话说自己不行了，太郁闷了。见了面之后，她吐槽了两个小时，从男朋友到工作到同事到社会，一切的一切她都非常不满。

吐槽完之后，她依然很生气，没有解决任何问题，只是更生气了而已。我不知道该从哪儿劝她。她很难过的样子，我看着想安慰也不知道怎么安慰，我的心情也跟着糟糕了起来。我问她想不想继续和男朋友相处，她说想；我问她想不想继续在那里工作，她说想。我说那你还是往好的方面想吧，不然你会更闹心。

她想了想说，其实男朋友对她还是挺照顾的，她有点舍不得离开；公司的待遇其实还不错，她很难在现阶段找到比这更好的工作了。这样想想她又开始变得开心了，脸上又露出了笑容。我说，既然你现在拥有的都想继续，干吗去想那么多不开心的呢？不但解决不了问题，还会给自己增加更多的问题。她说是，她的确应该乐观点。

我们应该时常养成一个习惯，和自己对话，享受孤独。问问自己对现状是否满意，自己近期最想做什么，自己要如何改变。静下来，一个人在孤独中自处，面对未知的明天做好自己的计划，然后按照计划一步步实施，不要被别人的节奏所打乱，你应该有自己的步伐。

走一个人的路，开一个人的窗，听一个人的歌，在一段淡然的时光中，悄悄地筑好自己的城池，让自己心清如水，一切坦然。成功了，继续向前，前面还有很长的路要走；失败了，没关系，爬起来继续走。这一路要豁达、要乐观、要心清。

倚靠在时光之门间，过去的已然过去，它们已经是历史了，无论是否辉煌。未来可期，总会有新的美好等待着你。静静地守候，为自己默默积蓄力量，我们应培养自己的视野，视野广了，你的心境才会更豁达。坐看云卷云舒，在安静中独守。恪守最初的热情，只为心中那缕阳光的抵达。一程高山一程流水，都是岁月里美好的画卷，每一段路都是心的旅程，守住心灵的庭院，淡看庭外花开花落。

你，是可以失败的

"你现在的气质里，藏着你走过的路、读过的书和爱过的人。"很喜欢这句话，一个人的气质跟他的修养紧密相连，读书多了，容颜自然会改变。我们读过的书，虽不能熟练地记忆，但在谈吐中一定会有所体现，也可能展示在生活中和文字里。

经历得多了，才会拥有无涯的胸襟，对一切都能处之泰然。人生绝不是一场百米冲刺，谁先到达终点，谁就能取得胜利；而应是一场漫长的马拉松，谁能最后笑到终点，才是真正的赢家。输在起点没有问题，输在终点才可怕，年轻人最大的资本就是可以有输的机会。

我一个朋友艾伊，她学习的经历让我印象深刻。艾伊从小就是父母心中的骄傲，周边的邻居都夸艾伊懂事、学习好、孝顺父母，还懂礼貌，简直可以说一切美好的词语用在她身上都显得恰如其分。艾伊也十分自信，同时也有着极强的好胜心和自尊心，次次都是班级第一。

老师让艾伊做班长，同学们都以她为榜样。艾伊每一次都会以非常优异的成绩回报那些支持相信她的人。有一次，不知怎的，艾伊突然没有考好，低于以往任何一次成绩，而且没有挤进前十名。

其实本来考出十名以外，艾伊心里已经很难过了，她趴在自己课桌上号啕大哭，全然不顾同学们的目光。回到家中，艾伊的父母还质问艾伊，是因为犯了什么错误，考成了现在这样的成绩。老师打来电话，说要来艾伊家做一次家访，和艾伊的父母探讨一下艾伊近期的学习情况。

父母和老师对考试的再次提及，让艾伊觉得难过。她开始陷入极度低落的状态，对什么事都无法集中精神，对人生充满了无力感。她突然不想和任何人说话，不想走出自己的房间，怕黑，等等。父母带她去医院看医生，医生说她得了轻度的抑郁症，让她不要压力过大。

有一种伤害叫捧杀，父母对艾伊、邻居对艾伊、老师对艾伊的一次次无限夸奖，给艾伊增加了无形的压力。被夸奖惯了，艾伊也认为自己每一次都要拿第一，不拿第一就是不应该，面对困难打击她完全没有承受力，因为她一直是被夸着长大的。她认为自己的成长路上只应该有成功，不能有失败，她也不能承受失败。

人外有人，天外有天。初中时的艾伊可以在班级上永远保持着第一，但是到了高中，到了大学，她不可能每一次都是第一，她的心理需要有一个适应的过程，适应自己有可能被别人超越，自己也有可能失败的现实，没有谁是十全十美的，失败一次，并无大碍。

因为还年轻，你有很多可以输的机会，不要在意一次两次的得失。大学毕业后，艾伊又选择了考研这条路，虽然考了两年都无果，总是接近录取成绩，但是经历过多次打击的她，并不会像从前那样为自己不能得第一而惊慌失措了。那个必须得第一的女孩儿，心态也历练得豁达了许多，她接受了自己的不完美，也接受了自己可以失败。

人生中要经历很多事情，我们可以失败，可以不成功，只要我们保持良好的心态，就会有下一次的机会。如果我们只是抱怨，那毫无意义，也没有人愿听你的抱怨，更多的人只看结果，而无心听你中途有多努力。你可以不成功，也没必要事事都成功，更不可能事事都成功，但你却可以找到做得更好的可能。

你只要在某一个方面比别人做得好，你就会有继续成长的机会。最开始做工作的时候，不要眼高手低，能做的不想做，想做的不能做。你可以做一些"大材小用"的事，不要急着只找能充分展现自己才华的事去做，那些事务性的事情也应该尝试尝试。

任何行业都是从低到高，没有人能一步登顶，从山上下来的步伐看似很轻松，但是你要知道那是经历了从山下到山上艰难的攀登过程。一路攀登到山顶，再一步步走下来，回看山下的风景，就显得如此惬意了，因为你已经熟练地掌握了登山的技巧，下山的过程也熟知了，你再也不会恐惧了。

成长是永无止境的，从你可以坦然接受失败的那一刻起，你已经在一步步迈向成功了。生活中很多事我们都无法把握，比如友情、爱情，你可能会变，他人也可能会变，没有谁必须是一成不变的，但是成长是你唯一可以掌握的，在一次次哭过后、悔过后、总结后，你就会渐渐地成长了。

命运常常和我们开玩笑，你无法左右，我们必须笑着面对。现实常常不完美，所以我们才会对希望那么渴望。我们应在心中保留一艘帆船，虽然我们无法控制风的方向，但我们却可以随时切换帆船的航向，使它可以顺风而行。

年轻就是放肆，可以为自己想走的路放肆一次，即使失败了又能怎样？我们可以倔强一些，可以放肆一些，没有什么风险是我们不敢承担的，年轻给了我们最大的勇气。如果你在年轻的时候，提前拥有了老年的保守，那往后几十年的日子还有何意义？你不如直接过老年的生活算了。最美的年纪就要做最美的梦，做最勇敢的事，有最放肆的勇气，留给岁月最灿烂的笑容，敢爱敢恨，敢于追求。选择一条适合自己的路，然后坚定地走下去，不要随意盲从，沿途一定会遇到很多非常美的充满诱惑的风景，但是你要记得自己的方向，然后学会舍弃那些虽然美却在岔道上的风景。

糟糕的"拖延式"人生

拖延症，对于每个人来说都不陌生，甚至可能每个人多多少少都有爱拖延的毛病。拖延像是一棵沙漠植物，表面上看起来就那么一点点，但其实地表下面盘根错节，你想一次连根拔起、除干净没那么容易。拖延式人生，其实是你处处效率缓慢的根源，喜欢拖延，渐渐地，你就会有放弃的打算。

晚上 10 点了，本来想躺在床上早点睡觉，早睡早起，养成良好的作息习惯，却在睡前又刷了一遍朋友圈，看看谁发了好玩儿的事情，公众号又发了哪些搞笑的段子。呀！这篇文章不错，我得再好好找找看；不错不错，这个段子有趣……还有没有了？我再找找。这个明星怎么又出八卦了？我得去她微博看看……

这时到晚上 11 点了，没事，还早，微博上还有搞笑的段子，再看看，再找找。看看今天的热搜，又发生了什么有趣的事？又有上热搜的综艺啦？我要再看一看。看完综艺，已经是凌晨 1 点了，好了，可以入睡了。

说好的早睡早起呢？说好的晚上 10 点睡，早上 6 点起床呢？就这样因为最亲密的手机伙伴，凌晨 1 点才入睡。重新回来再看，发现已经浪费了大量的时间。已经长期形成的拖延习惯，让我们做事情的效率变得很低，一拖再拖，最后只能挥挥手告别了。

很多人也早已意识到了自己的拖延是一件不好的事，这虽然已经成为他们的一种习惯，有些不适应，但这种状态充满了他们的生活。他们不能按时完成任务，不能按时付账单，不能按时吃饭，他们的生活开始变得无规律可言，不到最后一刻，不会选择加快步伐。

这其实是一种自我调节能力的缺失，因为我们把拖延当成了习以为常的习惯，一次又一次在原谅着这种拖延的事，周围的人也是一样拖延着，你也就不会觉得有什么不妥。如果总是这样，一件事该干，你就是不干，你的心中就会产生强烈的焦虑感和负罪感，并把这样的情绪带到你的生活中，你就会在心理上有所不适应。

原本该按照计划完成的事没有完成，一拖再拖，慢慢地就会认为任务太难了，不能忍受持续做这件事，明天再做吧，或许明天有新的想法也说不定，但是到了明天，心里依然会不想做，又继续往后推。心理学家说："习惯会变成无意识的大脑运作过程。如果长时间拖延，人们便会从根本上习惯性地保持这种状态。"

拖延症与人们的一种侥幸心理习惯有密切关系，时间久了，任何事都想拖延，就连工作中的麻烦和难解决的问题，人们也往往会这样选择暂时忘记，还是拖延一下吧，也许麻烦和问题就会消失了呢，至少会有所减少。但事实上，这是根本不可能的，麻烦和问题不会因为人们回避而消失，反而会变得更严重。麻烦和问题越严重，越想回避，更想拖延，这样就形成了无限的恶性循环。

越是拖延，问题越是不会消失、不会减少，反而会更多、更严重，最终发展到不得不解决的时候；越是拖延，内心越是紧张焦躁，越往后心理压力便会越大，在紧张焦虑的状态中，思维和行为效率都非常低，事情的结果就会更糟糕。在拖延中焦虑，焦虑中拖延，最终工作效率低，生活工作都不顺利，只会一事无成。

我的朋友安，每次见面和她一起吃饭聊天，我都感觉她像是被打了鸡血。她会畅谈她未来的期待如何如何，她说她要去创业，她要做喜欢的事情，她想开个花店，想开个咖啡厅，她觉得那才是她想要的生活。我也跟着兴奋地和她一起憧憬着，我说："好啊，那你快去实现吧！"她说："现在时机还不成熟，我再等等看，我还有些准备工作没有做好。"

再一次见面，我问安："你的创业梦怎样了，实现了吗？"安说："我还在寻找合适的地方，总觉得时机还是不太成熟，还差点什么，再等等。"我默默地点头："哦。"过了两年，安回了家乡，我打电话给她："你的创业梦在老家有没有实现啊？花店、咖啡厅，我还一直被你激励着呢。"安说："算了，我老家这地方不适合开花店，我觉得不行，打算放弃了。"

创业的确是很多年轻人的梦，渴望有自己的一番成就，有自己的事业，但是真正付出的人又有几个？像安一样观望的人倒是不在少数吧。当你头脑中萌生创业念头时，就有可能伴随着风险，伴随着暂时的失败，这是我们都应该做好的心理准备，但是你却始终只是在计划中，而不是在实施中，你怎么知道自己适不适合创业，应该怎么创业？纸上谈兵毫无意义，做了才行。其实这种纸上谈兵是逃避问题的表现，是你的犹豫不决，使你始终不敢迈出那一步，那你永远无法靠近成功。

很多人因为想暂时逃避问题，总是想把事情推到第二天，但往往是只想不做，只停留在幻想阶段。很多有拖延症的人都是心中充满了雄心壮志，对于未来生活充满着无限憧憬，看上去是最充满激情的那一种，跟家人、朋友谈起来滔滔不绝，满腹理想，但是从来没有付诸实践，只是想，而从来不行动，最后必将一事无成。

拖延会让人最终变得懒散，从一开始的拖延，到后来的干脆不作为，从心里对自己说有一天要解决这个问题，到最后却想抗拒，不想做了。这样就会变得更加颓废、懒散，什么都不想做。

如何改变拖延的习惯呢？你可以从小事做起，让自己即使很小的事也要说到做到。先从好实现的开始，比如你给自己定的闹钟是6点，那6点你就必须起来；你要在一天之内完成的任务，这一天必须完成，不准拖延，慢慢形成了良性循环，你自己会享受其中的成就感，你的人生也会积极起来，就会形成不再拖延的好习惯，这就是你迈向成功的开始。千里之行，始于足下，不要只是想想而已，告别拖延，告诉自己从现在起，立即开始行动！

不逃避，学会负重前行

理想很丰满，现实很骨感。现实生活往往没有达到我们的预期，于是我们陷入失意，我们为此一次次地陷入低迷的状态，感到眼前一片黑暗，没有光亮。甚至现实会压得你喘不过气来，感觉自己要被整个世界抛弃了，为什么所有的不公都给了自己？

我的朋友安尼，从小家庭十分富裕，她是名副其实的含着金钥匙出生的小公主。从小养尊处优的生活，让她和弟弟都享受着同龄孩子只能羡慕的生活。她和弟弟从小就是在国际学校上学，上学放学都要司机接送，很难看到父母接送，父母都太忙了，根本没时间接送他们。

安尼和弟弟过着衣食无忧的生活，家里对他们的物质需要全部满足，而且还很富足。安尼比弟弟大三岁，高中的时候，安尼和弟弟一同被送到了国外读寄宿学校。安尼作为姐姐，一直在国外照顾着弟弟。家里会定期给他们寄去许多生活费，除了父母不在身边，安尼和弟弟的生活还是不错的。

高中的一个寒假，安尼和弟弟回到家中，发现家里的别墅被查封变卖了，爸爸妈妈原来早已搬到了郊区的一个小房子里。安尼和弟弟刚一到家，看到家中的样子就傻眼了，她和弟弟抱着妈妈痛哭流涕。原来是爸爸的工厂倒闭了，而且还欠下了很多钱，没有办法，只能变卖别墅还债。

安尼爸爸曾经的朋友都躲着不见面，不肯把钱借给他，就是担心他还不上。安尼一家人的生活开始变得紧衣缩食，安尼和弟弟的开销缩减了一半，妈妈的化妆品和包包也降低了好几档。爸爸因为工厂倒闭而压力过大，身体出现了问题，妈妈要每天陪着他去医院看病，安尼和弟弟一个寒假都只能自己照顾自己，保姆和司机也都走了。

那段日子，让安尼体会到了人情冷暖，就连安尼曾经的好姐妹也对她嗤之以鼻。安尼虽然很不快乐，但是她一直没有告诉爸爸妈妈，她知道他们已经够痛苦了，她不想让他们再添负担。艰苦的日子，让安尼和弟弟无法想象，妈妈带他们去超市，专门买别人挑剩下的烂菜叶子和特价的鸡胸肉。一个寒假让安尼过得都快对生活失去信心了。

回到国外后，家里只能给他们寄去微薄的生活费，安尼只好出去打工来养活自己和弟弟。到了大一，安尼已经熟练地打过 50 多份工，成为一个打工小能手。弟弟也已经长大了很多，姐弟俩相依为命的日子十分艰苦。

她刚刚凑够了自己和弟弟的学费，这时她又收到了妈妈的一个好消息。安尼爸爸的工厂倒闭后，爸爸不甘心，带领曾经的员工们，又筹集资金建立了新的工厂，开始拓展新的业务。后来终于再次获得了成功，安尼爸爸的工厂收入又恢复了，甚至好过了从前。安尼不用在国外那么辛苦打工赚钱了，家里又可以给他们寄需要的学费了。安尼和弟弟在国外的生活也好过了许多，安尼和弟弟像是从天堂下到地狱又反弹回天堂。

大四的时候，没想到安尼的家中又发生了变故，安尼爸爸的朋友也是工厂的副总，和别的公司老总暗中勾结，让公司损失惨重，又不得不面临倒闭，安尼爸爸因为承受不了巨大的打击，得了重度抑郁症，每天接受心理医生的治疗。安尼妈妈既要照顾安尼爸爸，又要拼尽全力让工厂再恢复到往日的状态。

几次家中重大的变故，让安尼在面对生活时不再惊慌失措。安尼比同龄的孩子显得更成熟，因为她见了太多的人情冷暖，体会了太多曾经都不敢想象的辛酸。当她的家庭再次遭到变故的时候，她已经掌握了很多的生存技能，她又恢复了往日打工的日子。

安尼的幸福生活就是这样起起落落，天堂到地狱，再到天堂，再回地狱。几次命运的捉弄，让安尼对金钱已经看得不那么重了，她只希望一家人健健康康的，她可以挣钱来养家，但她希望爸爸妈妈身体都好，弟弟在学校能够拥有快乐。

大学毕业后，安尼回国找到了新的工作，在国外她考上了重点大学，回国后第一份工作的待遇还是很不错的。因为她在国外上学的时候打了很多份工，所以她对很多行业都不陌生，打工还为她积累了很多丰富的社会经验，这使得她在新公司的应聘者中脱颖而出。看来有的时候，你认为的祸事也不一定全是祸事，生活远没有你想象的那般美好，但也远没有你想象的那么糟糕。

坚强的安尼一个人挑起了家庭重担，为父母分担了很多压力。父母对安尼是既心疼又无奈，他们知道给不了安尼什么，甚至还会拖累安尼，但是他们也很无奈。

年轻的时候，我们最大的心愿就是想要变成我们所羡慕的人，但其实说真的，没有任何人的生活是那么轻松的。人生下来就要想着怎么活下去，前路怎样我们谁也不知，但是你努力去拼肯定是不会错的。

任何困难来临，不用怀疑，是的，它就这么来了。你敢迈出这一步，还是原地不动，只是牢骚抱怨？没错，我们没有资格去抱怨这个人不够勇敢，那个人没有抓住机遇。因为你不是那个人，你根本无法体会他的那种痛苦。当你痛哭流涕之后会发现，哭是那么无力，擦干眼泪还是要重新开始。忘记那些苦难吧，你需要马上出发，去寻找新的路径。打不死的都会变成奇迹，这一程的终点是下一程的起点，你必须来个漂亮的绝地反击！

相信，时间会给你最勇敢的自己

　　每个人都会在一生中经历一些坎坷，走过一些弯路，一帆风顺的人生不存在，是的，有些苦难我们必须要经历。在人生这条道路上，有些事情我们会做得不尽如人意，有些日子我们也许过得生不如死，但是没有办法，这就是人生，它就是要时不时地考验你。不逼一逼你，怎么知道你强不强？

　　来北京之前，我是一个不太喜欢和别人交流的人，大学的时候，在宿舍里我总是做着自己的事情，不与别人交流；来北京以后，步入职场，我才慢慢发现职场社交圈中的利害关系，渐渐地懂得如何和同事更融洽地相处，如何融入一个新的团队，如何让一个团队的协作效率更高，这些都是社会所给予我的。

　　我们都知道早睡早起身体好，但来到北京后，这些规律被打破的可能性时时都有，晚睡早起是常有的事，为了赶任务，深夜赶稿，凌晨三四点写完稿，然后睡两三个小时，六七点钟就起床。记得有记者问过科比："你成功的秘诀是什么?"科比想了想回答道:"你见过洛杉矶凌晨4点钟的太阳吗?"是的,4点钟的太阳我也是常见的,通宵赶稿,为了第二天能按时交稿,我也是要拼的。

对于一个文字工作者,电脑是随身携带的一个伙伴,因为哪里都可能成为你的办公地点。在家里、在火车上、在飞机上、在公交车上、在地铁里、在酒店里、在旅游景点、在饭店里,当时间真的很紧的时候,你总会想如果可以把上一个小时的时间借来该多好,但是抱歉,它已经过去了,这时的你倍加珍惜时间,恨不能把10分钟分解着过。

你们不要被那些曾经看到的假象所迷惑,看到有些人坐在咖啡厅里吹吹空调,打打字,噼里啪啦,一本书就完成了,一部剧就顺利收尾了。那是因为你没看到背后的辛酸,长期坐在电脑桌前,一坐可能就是十几个小时,长期接受电脑的辐射侵袭,各种职业病全都出现了,视力下降、颈椎病、疲劳症、腰酸痛,这才是一个真正的码字员。

写作的过程是枯燥的,你必须坐在电脑前,让自己静下心来,然后调整好情绪,在规定的时间内,做完你的任务。这也许是一个小时、两个小时、十个小时、二十小时,直到你能写好为止。

我曾有一次连续七天坐在电脑前码字,有一种深切体会:你就坐在电脑前,刚坐下的时候还是清晨,可是打着打着字天就黑了，然后短暂地睡两个小时，有点清醒了再回到电脑桌前。打着打着，天又亮了。那七天的感觉就是我坐在电脑桌前，迎接天亮天黑，时间怎么那么快，一抬头天亮了，一抬头天又黑了，一抬头天又亮了，我的东西还没写出来，那种焦灼感，只有真正经历过才能体会。然而，当你写好规定任务后，终于可以躺在床上踏实地睡去，你的心中会有一种小小的成就感。这个苦不会白熬，告诉自己坚持吧，一切都会更好的。

　　一个做平面设计的朋友阿尤，她最初是喜欢设计工作的，来到北京五年后，她说她想转行，实在不想做设计了。在广告公司的时候，她每天要做很多很多篇稿子，中午休息的时候，她也没有时间出去吃饭，坐在工位上吃碗泡面，或者是订个外卖，十分钟吃完，马上继续做。每天加班到深夜两三点，有一次，由于连续两天通宵在公司加班，她熬到流鼻血，领导就坐在她后面，告诉她马上快做完了，把这点做完，你就去医院看看吧。她一边捂着鼻子，一边继续做设计。

　　长期加班熬夜，她的身体机能出现了问题，到医院去检查，中医给她开了一大堆的中药，她一边喝着中药，一边熬夜。她调理了大半年，身体恢复了。正是靠刚毕业那几年的磨炼，她的设计水平飞速进步，她的设计速度永远是全公司最快的，无论到哪个公司，她都是设计得最好也是效率最高的。现在她已经是一名设计总监，薪水翻了几番，虽然曾经她熬得那么辛苦，但她为自己赢来了现在的资本。她最大的梦想是开一个属于自己的画室，办一个属于自己的展览，现在她已经开始实施这件事情了。

为什么要来北京？有人说在北京奋斗的人，要比在其他节奏不那么快的城市少十年的寿命。的确，我们够拼，在别人都已沉沉地进入梦乡的时候，我们还在赶往回家的地铁站；在别人都在小长假打算出去度假的时候，我们还在去往公司加班的路上；在别人悠然自得地享受周末的时候，我们哪有周末，还不是一样要工作？

那为什么要来呢？每个人的理由各不相同，但最终极的目标都是梦想吧。心中那个无法放弃的梦想，是始终支撑着自己还在继续打拼的力量。在北京最难以忍受的是那种漂泊感，一方面来自没有稳定的落脚点；一方面来自没有稳定的工作。没有稳定的落脚点是因为没有房，但我们也是这样硬生生地熬过了租房的时光；没有稳定的工作，如果你知道现在的工作对于你来说没有任何收获，只有干巴巴的一点可怜的工资，你会坚持吗？

北京，有迷失的灵魂，有倔强不服输的人生，这个城市，每天都拥有着无数的可能性，有人说北京是造梦的机器。是的，机会很多，但关键在于你是否抓得住。在北京，想要安逸，想要绝对的稳定感，是不可能满足的，因为这座城市的更新换代速度太快。你若不快速进步就会被淘汰，经过漂泊与磨砺，一年年时光飞逝，问问自己想要什么，付出了什么，又得到了什么，你离自己的梦想还差几步，你要怎样具体实现它？

　　我们带着梦想踏上自己想要去的地方，经过时间的打磨，经历无数次的蜕变，我们变成更好的自己，这是最美好的事情。不要忘记自己的初心，要坚持，要相信，时间会给我们一个更好的自己，让我们变得不再怯懦、不再彷徨，变得更坚定，但前提是你要对自己有耐心。

不畏将来，不念过去

第二章

谁还没个过去

努力生活，谁的世界都没有回头路

从我们降临这个世界的时候，就开始了一条只能向前，无法后退的路线，因为时间无法倒退，过去了无法重来，所以这一刻的你无法和上一刻重叠。一切安排都像是冥冥中注定的，你所经历的，都是老天要磨砺你的。

晴亚和老公大学一毕业就结婚了。结婚的第二年，晴亚生了个可爱的宝宝，老公对晴亚照顾得无微不至。公公婆婆也很好，对晴亚像待自己的女儿一样，一家人开开心心的，特别和谐。

晴亚老公在一个游戏公司做游戏开发，收入还不错。晴亚在家带孩子，俨然成了一个家庭主妇，她为了这个家庭，搁置了曾经的梦想。学习中文的她毕业后原本想去做一个新闻工作者，但是这工作总是需要外出，无法照顾家庭，所以她果断放弃了。

晴亚老公在游戏开发方面有了很多自己的想法，他打算和朋友合开游戏公司，去创业试试。晴亚支持老公的想法，她相信老公有这个能力，可以做好。一切进行得都很顺利，晴亚老公的公司很快就开起来了，他们公司开发的手机游戏得到了风投的赏识。

就在晴亚老公的游戏快要面市的几个月前，没想到风投的投资出现了问题，导致游戏开发的经费严重不足，要么面临倒闭，公司亏损几百万；要么继续投钱，公司继续做下去。晴亚一直支持老公的梦想，她说一定要赌一把，她相信老公会成功的。

晴亚的一个大学同学在一家大型装修公司做室内设计，她们公司的待遇很好，晴亚打算去外地找这个同学，让她给自己找份差事做。这样有一个问题，就是晴亚要一个人去广州，离开现在原本还算安逸的三线城市的生活，但是为了支持老公的梦想，也为了让这个小家能够过得更好，晴亚愿意去闯上一闯。

对于晴亚来说要面对的最大的痛就是很长一段时间见不到孩子，孩子才两岁，只能让婆婆帮着带了。老公劝她不用出去拼，他一个人可以慢慢应付的。晴亚安慰老公说，既然是家里的事，就要一起承担。27岁的晴亚一个人来到广州，和同事们一起住宿舍，对于职场生活，她一开始是有些畏惧的，因为刚毕业她就选择了结婚，做全职太太，完全没有任何职场经验。

晴亚在这个装修公司负责市场的宣传和策划，她不仅要做自己擅长的文字方面的宣传工作，还要出去和客户谈合作，更免不了有应酬的饭局。晴亚在家做全职太太久了，对于这些事务的经验几乎为零，一开始她的大学同学一直带着她，去和各个客户谈合作，后来她渐渐地掌握了一些技巧，合作谈下来的概率也高了很多。

　　加班、熬夜，晴亚曾经无比规律的晚九早六的作息时间被打破了。美容养颜汤啊，滋补食材啊，这些对于仅有的一点点休息时间的晴亚来说，也变得奢侈了，她根本没有那么多时间去补这些。周末的时候也经常加班，晴亚常和设计师一起去现场勘查，然后做好自己的宣传工作。虽然每天辛苦了些，但是晴亚却感到了一种每天都在拼的快乐，这样的生活对于她来说无比充实。

　　在去施工现场勘查的过程中，晴亚对室内设计产生了浓厚的兴趣，她跟随设计师，看他们的设计图纸，观察他们的设计方案，琢磨客户的喜好，她渐渐喜欢上了设计师这个职业。虽然每次在施工现场都没有地方坐，一站就是三四个小时，一不小心可能蹭一身的灰，还要面对粉尘的污染，但这些晴亚觉得自己都能克服，自己喜欢就行。

　　闲暇的时候，晴亚就买来一些关于室内设计的书来看，她萌生了转型做设计师的想法。同宿舍的同事都熄灯睡觉的时候，晴亚就一个人拿着手机，用手机微弱的灯光偷偷看书。每一次到施工现场她都认认真真地记录。五年下来，晴亚对设计师的了解深入了很多，她已经成功转型为一名设计师。

　　晴亚老公公司的游戏软件也成功面市了，获得了巨大的回报。现在晴亚的家庭状况有了大幅好转，虽然经历了五年的异地生活，晴亚离家一个人在外打拼也付出了很多，但是她找到了自己最想做的事，她很喜欢这个工作。一周和孩子视频一次，一年回家一次，晴亚已适应了这样的节奏，如今的她和老公不需要再为了物质而苦恼，可以选择做一些自己喜欢的事了。

晴亚和她老公有了新的计划，他们打算把家搬到广州去，晴亚继续做自己的设计师，晴亚老公在广州做自己的游戏公司会有更广阔的市场。很多时候，走哪条路就好像冥冥中已经注定的事，晴亚一开始因为家庭生计独自一人去广州闯荡，在任何人看来都是一个糟糕的无奈选择，但是谁会想到，她硬着头皮走下去的路反而更宽广了呢？

有些人在看到晴亚和老公奋斗成功的例子后，也很羡慕他们这样子，两人都有了各自的事业，还可以让家庭那么富足，但是所有人只看到成功的那一刻，却没看到他们那段焦灼的日子。人生没有假设，也无法假设，更无法设定未来，晴亚和老公一直最清楚的就是困难来了要挺住，这才是他们日后成功的关键。

人的潜力真的是无限的，只是你还没有逼自己一把。走过的路，只能向前，无法原路返回，相信一切都是最好的安排吧，不畏惧，不自甘堕落，不碌碌无为，走过一段泥泞的道路后，苦撑着也要爬起来，总有可以挣脱出来的那一天，总有阳光会在前面等着你。身后是你已穿过的黑暗，前面是你即将见到的阳光，宽广的路就在前方，你要不要前行？

面对不幸，我们要微笑

我们一路成长过来，哪有不受伤，不被磕磕绊绊的事所牵连的？为此你可能曾经非常苦恼，为何这些痛都降临到了我的头上？其实，每个人都有这样的痛，只是他们未向你提及，都是自己慢慢治愈的。

笑笑，听到这个名字，很多人会觉得她应该是一个很阳光、很爱笑的女孩儿，但其实她的童年让她一度无法笑出来。笑笑原本有一个非常幸福的家庭，她的父母很恩爱，一家三口总是那么让人羡慕。笑笑母亲家的家庭条件不是很好，她是学经济管理的中专生，毕业后留在信用社工作。笑笑父亲是一个木匠，家里的生活条件还算富足。

这样一个原本令人羡慕的家庭，就因为笑笑的奶奶变得无法再和睦。笑笑的奶奶始终看不上这个儿媳，总觉得她家条件不好，她根本配不上自己的儿子。笑笑已经两三岁了，笑笑的奶奶还拿着邻居女儿的照片让儿子去相亲，当面气笑笑的母亲。笑笑父亲对于笑笑奶奶的举动也十分生气，但是敢怒不敢言，他怕伤害自己的母亲。

婆婆的从中作梗，丈夫的忍气吞声，笑笑的母亲实在忍不住了，她选择了离开，和笑笑的父亲离婚了。笑笑被判给了父亲。笑笑父亲因为妻子的离开而遭受了打击，曾经一度陷入抑郁。笑笑奶奶对笑笑也是一点不照顾，因为嫌弃儿媳，也顺带着嫌弃这个孙女。笑笑的童年不快乐。

笑笑每天一个人上学放学，无人接送。笑笑奶奶完全不管她的学习，在一旁看着自己的电视，她对笑笑说，学习是你自己的事儿，你自己管不好自己，谁也别赖。笑笑一个人支撑着自己的学习，上学的各种费用都是母亲给她寄来的。笑笑在小学的时候自理能力就已经很强了，她比同龄的孩子都要成熟很多，关于她的家庭，她一点都不愿提及。开家长会的时候，笑笑家里总是没有人给她开家长会，父亲在外打工，奶奶完全不会管，她只能自己去给自己开家长会。有的同学私下议论说笑笑是个野孩子，没有爸妈，笑笑听到后痛哭流涕。

就这样熬过了小学的六年时光，笑笑上初中的时候，母亲又组建了新的家庭，她把笑笑接到自己身边。笑笑奶奶把笑笑当作自己身边的一个负担，她母亲能照顾她，她巴不得赶快送出去。笑笑走的时候给奶奶鞠了一躬，是她母亲让她这样做的。鞠完躬，转身的一瞬间，笑笑泪流满面，她心里想的是，这个家她再也不想回来了，这个家给了她太多的创伤。

笑笑的母亲知道笑笑在奶奶家受了很多委屈，她想办法尽量弥补笑笑曾经受过的伤害。继父对笑笑也是当成自己的孩子照顾，笑笑有了一种获得新生的感觉。刚开始笑笑心中极度缺乏安全感。笑笑的母亲和继父开了建筑公司，经常会在外面谈生意，笑笑有时会一个人在家里，每当她一个人在家里的时候就会觉得非常害怕。母亲每次出去的时候，她都会问十几次，回不回来？什么时候能回来？母亲抚摸着她的头说："当然会回来，两天而已。"

回到母亲身边的笑笑才终于恢复了笑容，她也渐渐找回了自信和安全感。小学的时候，同学都嘲笑她穿的衣服破，说她是没人管的野孩子。笑笑母亲给笑笑买了很多新衣服，为了让孩子找回自信，还带她去看过心理医生，给她疏导。让她相信，她不是没人管的野孩子，父母都很爱她，只是自己的生意有点忙，没有办法时时照顾她。笑笑可以名正言顺地告诉同学，她和他们一样，她的父母也很爱她。

笑笑渐渐从童年的阴影中走了出来，她的自卑感也渐渐淡了很多，不安全感也因为母亲和继父无微不至的照顾而少了许多。随着年龄的增长，笑笑的抗压力能力也增强了很多，她不会再因童年的回忆而令自己难过了。那段日子是生不如死，但是走出来了，她还是要笑着面对新的生活，毕竟新的生活这么幸福。

笑笑常对我说："人的生命力真的是无穷的，不经历那些苦难就永远不会知道，自己可以变得多强。当时觉得看不见光明的永远黑暗的日子，现在也都可以一笑而过了。自己曾经还有过轻生的想法，拿着削铅笔的小刀割破自己手腕的那一刻，看着鲜血直流，我也想过就这样去了算了，也许我来到这个世界上就是多余的。但后来被同桌及时地发现了，报告了老师，老师将我送到医院，才没有造成无法挽回的后果。"

我问她，割破手腕的那一刻不后悔吗？她说："当时不觉得后悔，但是现在看到自己可以过上这样美好的生活，觉得还好没有再做傻事。只有活着才有希望，任何事在生命面前都是小事，只要活着，你才能知道未来可以多美好！"

是啊，只要活着就有希望。所有的不幸和所有的问题终会有得到解决的那一天，只要你没有放弃，只要你还在努力着。每个人在成长的路上都会遇到大大小小的、或深或浅的伤害。这在当时被看作是天都要塌下来的巨大阻碍，当你通过自己的一次次努力战胜之后，你会发现，那些所有曾经受过的伤都可以笑着面对了，而且你可以向自己保证，再有此类事情发生，完全可以不让它伤害到自己了。

这种能力是通过一次次的痛换来的，代价很大，我们无法避免不幸的降临，但我们可以选择生活的方式。如果你是笑着面对，你一定会去想解决的办法，如果你是消极面对，那你只会看到无尽的黑夜，所以微笑面对生活带给你的不幸吧。

过去是孤独的，未来也是孤独的

易卜生说："在这个世上，最坚强的人是孤独的，而且是单独站立着的人。"每个人的人生都有不同的境遇，没有谁可以理解你来时的路如何艰辛，也没有人可以预期你未来的路要如何走，每一步都只能由你自己去面对，所以这一路穿过荆棘的你是孤独的，你只能独自面对所有的一切。

何炅，主持界的劳模，我们惊叹于他一年下来可以做那么多事，却不知他背后有多少辛酸。他在一段采访中提到，他最繁忙的时候，一共主持七档电台、电视台的节目。一周近 30 个小时在飞机上度过，每天睡觉不超过 5 个小时。一天连续工作在 16 个小时以上，然后一天之内在三个城市落脚。如此高强度的工作状态，其中的辛酸也只有他自己才能体会。成功的艺人，内心世界的那个力量都是无比强大的，这样的节奏何炅一直在坚持。

1992 年 9 月，高中毕业的何炅被保送入读北京外国语学院阿拉伯语系。五年的大学时光，何炅不仅在学校担任着学生会干部的工作，同时，从大二开始就进入了中央电视台工作。在何炅临近毕业的那一年，因为有了中央台工作三年的经历，很多老师和同学，包括他自己都深信不疑，他一定会留在中央电视台工作。可是很多时候，总会有天不遂人愿的事情，那年中央台在缩编，一个人都不招，连北广的都不招，更别说北外了。

命运在和何炅开了一个很大的玩笑后，又给他吃了颗定心丸，毕业前夕，学校向何炅发出了留校的邀请。何炅原来根本没有想过这个事，因为学校是不能留本科生的，至少是硕士毕业才有可能留下的，何炅算是被破格留下来的。就这样，何炅在学校担任着辅导员工作，同时还是阿拉伯国家概况和阿拉伯社会文化两门功课的任课老师。

1998 年，传言湖南卫视的一个主持人要走，台里的领导和同事们都认为不可能，并没有太在意，结果没想到他第二个周一就真的走了，他主持的节目就是《快乐大本营》。他周一倒是走了，可是节目周五就要录制，这可急坏了导演，没有主持人，导演带着全组人来到北京，先是去了北广和北电，然后到了中戏，寻找合适的主持人。

那时有一个问题，主持人的户口也要留在湖南卫视，这样的要求，让很多学生犹豫了，那时的湖南卫视不如现在这样稳固，没这么火。《快乐大本营》是一个好节目，但是也没有达到巅峰的状态，很多同学选择了放弃。最后，节目组找到了何炅。既然找不到一个固定的主持人加盟，他们想到了缓兵之计，让何炅先去顶几期，然后在这个时间里，再来找合适的固定主持人。

命运常常会在给我们关一扇门时又开了一扇窗，让你在满眼黑暗中又发现新的光亮。《快乐大本营》给了何炅一个新的尝试机会，就是这次机会让他与《快乐大本营》结下了最深的缘分。

那时还没有自由身份的主持人，于是何炅跟学校请了五个星期的假，去《快乐大本营》和当时的另一个主持人李湘搭档。五个星期后，湖南卫视的导演们觉得何炅很合适，又延了一段时间。但是学校有意见了，校领导找何炅谈话，说你不能再这样，周五直播，周四晚上就要到那边，一个星期只有三天半干工作，在学校里是绝对不可以的。

没有办法，何炅只好和湖南卫视的台领导商量，他想把时间改在周六。隔了几天后，台领导告诉他台长同意了，整个台里的总编室也同意。为了何炅把《快乐大本营》挪到周六播出，其实这是个很复杂的事，因为这不是一个节目的问题，当时周六的《玫瑰之约》就被调到了周五。就这样，何炅在《快乐大本营》一做就是20年。

如今的何炅在主持方面已经到了炉火纯青的地步，不仅主持，他还尝试做了很多新的职业，演戏、唱歌、出书，等等。很多人好奇他是怎么做出来的，每个人的时间都是均等的，他是怎么挤出来的？

何炅自己曾说过，有一次，非常疲惫的他连续三天只睡了两个小时，没有休息过来，整个人的精神状态很不好，感觉特别累，他就想，如果不去了会怎样？会死人吗？但是最后他还是去了，只是这样想一下，他会觉得很爽。每次疲惫到不想再录制时，何炅总觉得还是会有一百种理由让他坚持下去，还是要坚持。

何炅所经历的这种艰辛也只有他自己才真正了解，没有经历过的人永远也不会懂，也根本无法感同身受。在向前的进程中，我们每个人都是孤独的个体，你来时的路是怎样的，没人了解，只是觉得你现在还不错，你未来会遭遇哪些问题也没人了解，你自己也不知悉，只有你自己一步步去走过。想成为一个成功的人，你必须可以和自己独处，你必须学会耐得住寂寞，忍得住孤独。

每个人生来就是孤独的，从出生的那一刻到离开这个世界的那一刻，这一生，都始终是你一个人的人生。人生只能是场独角戏，主角只能是自己，父母可以陪你一程，但不可能永远陪着你，子女也有一天会离开你，人的旅途，始终陪伴的只有自己。一个人可以坦然面对生活中的得意与失意、孤独与寂寞，才是成熟的表现。

我们应该学会享受孤独，而不是惧怕孤独，孤独是一个智者审视自身的途径。深夜的时候，一个人在房间平心静气地和自己内心对话，想一想自己来时走的路是否正确，未来要走的路是否还是那条路，是否偏离了轨道，怎么样才能走回正轨。当你真的可以正视这一切的时候，你会发现你收获了很多。总有人说："我最讨厌孤独，最害怕孤独。"人天生是群居动物，每个人都不希望自己是孤独的，但是我们必须学会享受孤独，这就是成功的人所能做到的，越成功的人越不怕孤独，而只有失败的人才会一直抱怨。

世界不会给你美好，只有自己给自己

　　朋友依依每次聚会的时候，都听她在抱怨这抱怨那。她觉得老天就是不公，为什么自己只能是穷二代？为什么同学可以毕业后直接进入家族企业？为什么自己的男朋友陪自己的时间都没有陪伴哥们儿的时间多？为什么公司老板总是对自己各种不满意？这些事情都抱怨一遍后，依依直接总结了一句话：这样的人生还不如去死。在她抱怨后，我问了她一句，那你有没有想改变呢？依依无言以对了。

　　其实有依依这样心理的人有很多，为什么别人都可以什么都好？为什么自己那么糟？抱怨一切，但你能改变吗？

能！只是你不想改变。这个世界不会给你创造更多的美好，要想创造更多美好，你只能靠自己。

马云，一个英语老师创造了一个互联网奇迹公司，谁会想到？但事实证明，他就是做到了。1995年年初，马云偶然去到美国，第一次接触到互联网，对电脑一窍不通的马云，在朋友的帮助和介绍下开始认识互联网。1995年4月，马云和妻子再加上一个朋友，凑了两万元钱，把家里的家具都搬到办公室里。租了办公室后，他们只剩下了两千元钱。就这样，马云成立了专门给企业做主页的杭州海博网络公司，网站取名"中国黄页"，是中国最早的互联网公司之一。

那时候很多人对网络根本没什么印象，人家会觉得这是一个不存在的东西，因为中国没有自己的互联网网页，马云当初说服人家很难，没人相信。他就决定兔子先吃窝边草，从自己身边的朋友推广起。凭借在大学里教了五年多书的经验，加上在夜校教了四年，就从自己的学生开始推销起，同学们都很信任马云，知道不会骗他们，就开始慢慢地加入了。

怎么能让更多的人相信自己呢？马云说："比尔·盖茨说互联网将改变人类生活的方方面面，其实比尔·盖茨根本没说过，而且比尔·盖茨还反对互联网，但是我们就说世界首富比尔·盖茨说过互联网将改变人类的生活方式，很多媒体在报道这个文章。"

马云带领他的团队去北京闯荡。刚到北京的时候,马云想把一些关于互联网介绍的文章发到北京的媒体上,然而这很难。马云认识了一个朋友,这个朋友认识《北京青年报》的一个司机,给了司机 500 元钱,他帮着把这些文章发出去了五篇。有一个报社的总编看到后,把其中一篇文章登在头版头条。马云知道后,去找了这个总编,跟他谈了三天三夜。那个总编也是刚从英国回来,最后说帮马云一个忙,那个总编请了北京很多媒体的总编、老总,让马云给大家做个演讲。

马云在演讲那天激动坏了,因为他从来没见过这么多媒体朋友,他准备了一个晚上,第二天给他们讲了两个小时。那些人也听得热血沸腾,他们说好,会帮忙宣传互联网。没想到第二天有一个文件下来,说不要宣传互联网。于是他们和马云说,如果马云能够说服《人民日报》上网的话,他们就可以报道了。

马云又转而通过一个朋友认识了《人民日报》办公室里的一个行政人员。有一天晚上他们聊得很开心,突然进来一个人问他们在聊什么,马云说聊互联网,这个人也出于好奇,就跟马云聊了起来,原来这个人就是人民日报社当时的事业发展局局长谷嘉旺。他听后非常激动,说好。大概半年的时间,一点一点挪动,马云终于把《人民日报》"搬上网"。但是世界就是这么残酷,马云这时发现北京已经没有他们的机会了，因为大批外资企业已经开始进来，搜狐这些都起来了，他们又被冲回杭州了。

1997 年，马云离开中国黄页，带着自己的创业班子第二次北上，加入了当时的外经贸部，继续开发网上贸易站点。当时包括雅虎中国在内的几家主流互联网公司，纷纷向他抛出绣球的时候，马云却意外地拉起队伍又回到了杭州。

马云带领着自己的队伍到北京的 14 个月时间里，成绩是十分出色的，但第 14 个月的时候，马云觉得方向不对了，方向不对是很痛苦的，他决定要回去。很多人不理解，干得这么好，为什么要放弃？马云加全体成员一共 18 个人，马云给了这些年轻人三个选择：第一，可以去雅虎，他推荐会录取，而且工资高；第二就是去新浪、搜狐，他也推荐，工资也一定会很高；第三，就是跟着自己回杭州，他只能每月付 500 元人民币，在他家里上班，然后这些人要自己租房子，必须离他家五分钟以内，且不能打出租车。这些年轻人都对马云十分信任，决定跟着马云回杭州。

离开的那一天，18 个人去了趟长城，在北京的最后一夜，去酒吧喝酒，还抱头痛哭。他们发誓，不相信自己做不好。马云对自己团队成员说，四年内他不承诺会升官发财，但承诺他们会很倒霉，但是四年扛过去以后，会比谁都有自信。就这样，马云带着最初的队伍回到杭州构建着属于他们的阿里巴巴版图。

一起经历了那么多的苦难后，这支队伍中的每个人都是马云最信任的，与他一起闯事业，一无所有地同他两次北上，这种患难见真情的信任是无比珍贵的。他们一直跟随着马云一同创造着属于阿里巴巴的互联网帝国。

2003年非典的时候，马云说自己想创造一个电子商务平台，中国互联网用户有一亿，只有500多人在网上购物，他觉得这是一个商机。公司的CTO吴炯表示反对，他认为这样很冒险，但是马云坚持要做这件事，他们争论了很久。最终马云找来七八个人，让他们偷偷地搬出阿里巴巴湖畔创业花园区，不能跟任何人讲去干什么，实际上是让他们组建淘宝的第一个研发小组。

后来，马云和同事们被隔离了，只能打电话。淘宝网上线时，马云和研发小组的同事们只能打电话，然后空中举了下杯表示庆贺。淘宝网上面写了一句话：纪念在非典时期辛勤工作的人们。当时公司的人还都不知道，还有人在内网上发了帖子，让公司高层注意，有一个公司将来会成为他们的对手，其思想和阿里巴巴一样，就是淘宝网。直到7月10日，阿里巴巴宣布，淘宝网是他们的，公司所有的人一起欢呼喝彩。

世界不会给你美好，所有的美好都是你一步步创造出来的。马云在最初成立公司的时候，也有很多人不看好他，认为他是骗子。当他提出会把阿里巴巴公司变成中国人创办的全世界最伟大的公司的时候，也有很多人质疑他太狂妄了。但是阿里巴巴就这样一步一步地在往前走，现在不会再有人质疑阿里巴巴的实力，也不会有人再质疑马云了。

人最悲苦的事就是放弃了所有的希望，人最灿烂的事是即使在悲苦中，也依然看到未来的阳光。你想让你的世界更美好，只能靠你自己去实现，别人都认为不可能，你就证明给他们看，当你实现时，谁还会说不可能呢？其实我们想让自己的世界更美好并不难，只要你的成长速度超过了这个世界发展的速度就够了。但你要明白，这一路的实现，只能靠自己！

不过多责难，人性本就无常

在人的一生中，会遇到许许多多的事，有些是必需的，有些是完全不用管的。那些让你感到负担的事，就及时删除，我们左右不了别人的想法，但我们可以左右自己的行动，不责难别人，但也不强求自己。人生是一步步走，也是一步步放弃。一步步走出来的路，使你越来越清楚自己该走上哪条路；一步步放弃，那些变成了你负担的事物，它们对你未来的路毫无意义，那为什么不扔掉呢？这样，你的路才会越走越开阔，越走越安心。

我曾经看过一个视频，节目中要做一个试验：怎样花掉身上唯一的100美元？这个视频中的主持人扮作路人，在美国街头要把自己身上的100美元给一个流浪汉，然后跟踪拍摄流浪汉会怎样支配这100美元。当主持人把100美元给流浪汉的时候，说自己日行一善。流浪汉非常激动，他说这太意外了，他要哭了，他非常感激主持人，还激动地和他拥抱了一下。

流浪汉拿着100美元来到了一个超市。看着流浪汉从超市里拎出一个大袋子，里面装了很多酒，主持人猜想流浪汉或许要把自己喝得烂醉如泥。但没想到，流浪汉一路经过好多正在聚餐的人桌前，他把自己刚买的食物分给了这些陌生人。那些人向流浪汉惊喜地表示感谢，流浪汉和他们交流得非常开心，自己也非常自得其乐。

主持人走近流浪汉，向他讲述了自己偷拍的事情，表示非常抱歉，其实给他100美元是为了做个试验，看他会如何支配这100美元，没想到流浪汉的举动让主持人非常意外。流浪汉半开玩笑地说："你以为我去买酒打算喝个烂醉？但钱买不到的东西才是重要的。"主持人说他的话让自己扎心了，他被流浪汉的举动震惊了，他当场又拿出了100美元给流浪汉。流浪汉一再推辞，最后主持人还是把钱塞给了他。流浪汉说他让自己惊呆了，主持人说他才是。

主持人向流浪汉询问为什么会落得如此境地，流浪汉简单地回答了他："我以前跟父母住在一起，后来我继父得了癌症，他们本来要住进医院的病房，但却无力负担高昂的治疗费，因为保险的给付范围有限。我辞掉了工作，因为我必须照顾他们。后来继父还是走了，两周之后母亲也因为肾病过世了，之后他们租的房子被小区卖掉了。我一夜之间无家可归，这样差不多四个月了。"

流浪汉又介绍说，这里很多人都是这样的特殊遭遇，所以他要把这些食物送给他们。他们不是因为懒才成为流浪汉的，而是有的人因为离婚了，他们被迫卖房卖车卖船，然后突然发现自己成了穷光蛋，他们本来过得好好的，然后突然有一天，就要面对这样或那样的事，就这样走上了另一条路。

流浪汉虽然突然之间成了这般境地，但他并没有对这个世界如何消极地对待，当他有了 100 美元后，他第一个想到的是用这些钱换来一些食物，赠送给那些和他有着同样遭遇的人。主持人被流浪汉的举动惊呆了，他感叹自己从未想到原来他们的生活是那样苦涩，但是他们的态度却是那样乐观积极。

韩寒在《可爱的洪水猛兽》中曾有这样的句子：我也希望你们，不要对生活有过多的责难，不要故作抑郁，不要怨天尤人，找到一个喜欢，一个事业，一个事情，一个东西，一个女人，一个男人，并且搞定。万一没搞定，那就再去找到一个喜欢。

是啊，世事本无常，我们没必要过多地责难生活，或是抱怨别人为何不理解自己，这是毫无意义的。既然生活给了你这样那样的苦难，那么你能做的就是接受它，然后想想如何战胜它。给自己一个支撑，给自己一个力量，可以是把它寄托在你喜欢的一个事物上，然后拼命地努力，给自己赢得它的更多可能。

你的路不需要太多人去懂得，你的世界不需要太多人去支持。不懂的人在那里，你说，他还是不懂，这种不懂本身就是一种伤害。有的人偏不，他就是要让所有的人都理解他，他就是想让所有的人都支持他。但那是不可能的，他人的理解只是表面的理解，而且就算是真的理解，你的路还是只能你自己去走，何必为此浪费过多的时间呢？

你应该有一颗强大的内心，你的热量在那些不在乎你的人面前太过绵薄，无论多么炽热的诚意，也无法融化一座冰山；相反，他的冷漠会淹没你的热情。你若喋喋不休，那只能让别人在无声无息中把你折损得不留痕迹。想做自己的事，就不要太在意别人的看法。记得有一句话说得非常好：如果所有人都理解你，那你得普通成什么样子？

如果你决定了要做一件事，那么就不要在意周围人对你的态度，只告诉自己这件事是你一定要做的，只有这样坚定的决心，你才有可能做好这件事。你的人生只属于你自己，别人无法干涉，更无法帮你前行，每个人都有各自生命的轨迹，为何非要让别人来插手你的人生呢？

总有些人以"我是为你好"来给你施压，这是很多人都喜欢说的一句话，甚至亲人、朋友都犯过这样的错误。让你走上他们给你设定的路，但是他们却不知道你是否走得通，你的心里是否真的喜欢这条路。其实这是一句很不负责的话。

穿自己的鞋走自己的路，你应该有自己喜欢的事去做，你应该可以判断这件事是否适合自己。做自己喜欢的事，即使历经苦难忧愁，你都可以坚持下去，因为你喜欢，你才有动力，因为这才是你想要走的路，好像头上始终有一颗最亮的星星指引你，向前，向前。

过去的痛彻心扉，现在的云淡风轻

卡耐基说："在这个充满活力的世界里，有一件非常有意义的事，就是为每天确定一个目标，然后为实现目标而努力奋斗。无所事事、自暴自弃地让时光白白消逝，是最可悲的事。"

你是否也曾因为某些事情，被现实生活给了重重一击，让你差点就以为自己再也起不来了，于是待在原地等待命运的审判呢？但幸运的是，你一定会站起来，重新振作，因为命运跟你开过的玩笑，你会振作地予以还击，这是生命暗藏的巨大潜力。当你被重重地打进谷底的时候，你一定会想办法反弹回来的。

一次卫冕世锦赛后，奥运冠军孙杨落下了泪水，他说："这一年对我来说是职业生涯最苦的，从最低谷到世锦赛冠军确实是一个非常大的挑战，很不容易走过来……"成王败寇，孙杨告诉他的对手："世界最好成绩、世界排名第一并不能证明什么。不论你以前是奥运冠军还是什么，状态不好的话只能接受失败，哪怕我今天输了，也只能接受，因为比赛就是这样，机会是留给有准备的人的。"

孙杨最霸气的一次回应是直面外国媒体的责难。孙杨在世锦赛上又一次面对因心脏不适而误服含有违禁品的药物导致禁赛4个月的事情，对此，孙给出了掷地有声的回答："不希望大家用敌人的身份来仇视中国运动员。只要中国运动员拿到了成绩，就觉得我们中国人是用了什么东西，我觉得这是非常恶心、非常肮脏的想法！为什么不去质疑外国的选手？他们破了那么多世界纪录。同样的事情，为何到了中国游泳运动员身上都要去夸张、去扩大化呢？跟大家一样，中国游泳运动员每天从事着非常艰苦、高强度的训练，我觉得不应该有任何质疑的声音，确实我之前不是很仔细，发生了那样的错误，但我希望大家能用公平公正的态度来对待。"

只有你的强大，才能抵御那些质疑声，孙杨就是这样一步步地霸气走过来的，当然这背后是他多年的默默付出。孙杨的启蒙教练朱颖说孙杨还在幼儿园的时候，她第一次见到他就觉得个子特别高，就想着让他学习游泳，做了多次孙杨妈妈的工作后，孙杨就去学游泳了。朱颖发现孙杨的韧性很好，心肺功能也特别好。训练了三年后，朱颖逐渐发现了孙杨身上的潜质，他在日后成为自由泳之王的影子初见端倪。

当时，朱颖在想，孙杨以后可能会拿亚洲冠军，但是没有想到会拿奥运会冠军。从 1997 年学习游泳开始，孙杨需要每天清晨不到 6 点钟就出门训练，母亲陪着他起早贪黑。父母为孙杨所有的付出，小孙杨都记在心里，以至于他从小就比其他孩子更懂事。他很自觉，也非常努力。他每一次都给自己定一个非常清晰的目标，思维也非常清晰，接着要干什么，需要具备什么条件，他会这样一个一个目标地去努力，这是一名优秀运动员的基本标准。

将每一件小事养成习惯，每天坚持去做，这就是让你变优秀的开始。

孙杨一直都非常刻苦地训练，虽然后来成了世界冠军和奥运会冠军，但孙杨依旧没有松懈过，每天都下水训练。从世锦赛回来，从奥运会回来，他一定是第二天就到学校，先去看看教练，然后就跟孩子们一起游泳。他虽然不是每天都特别累，量特别大，但是他保证每天都得下水。小队员们对他非常熟悉，没有人看到他会尖叫，大家都觉得对他很熟悉。

2010 年广州亚运会孙杨初次在国际舞台夺得金牌，那时的泪水是初次成名的喜悦。2012 年伦敦奥运会游泳比赛首日男子 400 米自由泳预赛，韩国名将朴泰桓被判犯规，韩国媒体报道"裁判中有中国人"，此前朴泰桓也曾挑衅称"孙杨只是我的陪衬"。决赛中孙杨用金牌实施最有力反击，完胜经过上诉后重新获得参赛资格的朴泰桓。孙杨实现了中国奥运男子游泳单项金牌零的突破,他在接受访问时泪流不止,激动地说道:"今天这枚金牌是送给很多对手的,我要证明给他们看,我打败了所有的韩国人。"

2016年里约奥运会,孙杨在男子200米自由泳项目上再次获得金牌。2017年,在国际泳联游泳世锦赛上,他夺得男子400米自由泳金牌,成就世锦赛男子400米自由泳冠军。和许多体育界的超级明星一样,孙杨在辉煌背后也隐藏着鲜为人知的辛酸。他曾自述在澳大利亚集训时,常常凌晨3点便下水训练,而常年待在水中直接导致了他纤长的手指没了指纹,可以想象这在如今的生活中有多不方便。

作为当之无愧的世界自由泳之王,孙杨已多项荣誉加身。不过他从未对自己有过松懈,他说自己有新的奥运冠军目标:800米自由泳将在2020年第一次被列入奥运会项目,他想代表中国拿下这块金牌。孙杨是一个非常真性情的人,他所承受的精神压力常人难以想象,虽然每一次前行的路上他都顶着巨大的压力,但是他都咬牙挺了过来。

每个人的一生都会遭受这样或那样的打击,每一次打击都是一次考验,看你是否做好了随时应对的准备。不要悲观地以为黑夜无法过去,世界是运动的,不是绝对静止的,任何事物当你向好的方向努力的时候,它终将会向着光明的那一面转向。

所有曾经的痛苦,当时为何觉得那么痛?那是因为你还没有战胜它，当你经过自己不断的努力，战胜那所谓的痛苦的时候，那些曾经以为的痛苦就可以云淡风轻地微笑面对了。其实就是那句最简单、最朴素的话：困难像弹簧，看你强不强，你强它就弱，你弱它就强。这句话我们每个人小时候应该都听说过吧，但是真的可以拥有无限勇气，不惧怕困难，迎面而上，击垮它的人我想并不多。

这世上的不成功，有两种可能，第一种是放弃，第二种是你真的尽力了，但真的没法战胜。如果你是第一种，那你真的永远没有成功的可能；如果是第二种，你真的尽力了，至少你向成功迈进了一小步，这样的一小步，也许会成为未来的一大步。如果你真的可以一直坚持，那么没法战胜只会是其中的一个阶段，总有一天你会像愚公移山一样，搬走眼前的那座大山，见到光明的。当成功时再回头看一看，你也只会是云淡风轻地微笑，哦，也不过如此嘛。

每个人生，都有一段青涩时光

我有一个朋友青青，她大学的时候被我们称为慌张姐，遇到任何一件事都能让她迅速地慌张起来。洗头发时洗发精没了，她大叫；早上起床晚了五分钟，她大叫；早晨起来要做早操，忘带了自己的手机，她大叫；晚上因为没看完小说，停电了，她大叫；上课时，忘带了笔记本，她大叫；吃饭，衣服上不小心沾上了一点油渍，她大叫。似乎，大学时光，就是在她的大叫声中一点点流逝的。

那时的青青，像极了一个心理极其脆弱的婴儿，谁的一句话说到了她的一点痛处，她都会哇的一声毫不掩饰地哭起来；谁讲了一个感人的故事，她准是第一个哇哇大哭的人。我们都担心她的心理太脆弱了，这样的她到了社会上如果受了欺负怎么办，如果她每天的工作太忙怎么办？她会不会一天从早哭到晚？

宿舍里的每一个人都善心地时时保护着青青那颗脆弱的心，讲到怕她难过的事，我们都躲着她，或者干脆不让她知道，怕她又哇哇大叫，或是哇哇大哭。青青就是这么被宿舍里的姐妹们呵护大的。

前不久，我和青青再见面，她可以被称为淡定姐了。我们吃饭的时候，三五个同学聊起现在的生活和工作，青青都是仔仔细细地听着，然后她还会分析一下其中的道理，最后给出自己认为正确的 N 种解决办法。这时的她简直惊呆了我们，我问她经历了什么，可以变得如此淡定。

"是婚姻和工作改变了我。"青青毕业之后，就和大学一直对她很好的学长结婚了，第二年就生了个儿子。青青在刚结婚的时候，她是打算在家做全职太太的，后来老公的公司出现了一些状况，青青就出来工作了。一开始，青青对这一切都十分陌生，吃了很多的苦，被领导数落，被同事排挤，她就像是便利贴女孩儿。

青青在一步步打击和嘲讽以及排挤中成长起来，她已经在一个个陷阱中不断成长起来了，"你越是轻视我，我越是做给你看，证明你对我的态度和轻蔑是你的错"。青青在公司一步步站稳了脚跟，那些曾经轻视她的人开始仰视她。

青青的收入越来越高，她老公的心里开始有些不平衡，他在青青心中曾经一直被仰慕的形象也在逐渐降低，渐渐地，两个人的共同语言越来越少。她老公什么话都不跟青青说，却跟外面的红颜知己说。一次，青青在去一个饭店的途中，看到了老公出轨的铁证。青青非常冷静地做出了判断，不哭不闹，她选择了离婚。

男方父母以各种方式挽留青青，但青青下定了决心。离婚后，孩子被判给了青青，青青一个人带着孩子要接着闯荡。女性本弱，为母则刚，有了孩子的青青比以前更多了份勇气。她说工作中已经可以适应各种办公环境了，即使环境再艰苦，她都可以熬得过去，挺一挺，就无碍了，但她要过自己想要的生活。

社会的磨炼让青青不再惧怕那些给她挖的陷阱，她能清楚地分辨，然后用自己的方式不卑不亢地解决掉。虽然青涩的时光不再，但是青青心中最充满阳光、童心的一面还依然在。非常喜欢那一句话：愿你出走半生，归来仍是少年。

朋友宁夏，大学的时候学过跆拳道，是他们班级有名的大姐大。她为人非常仗义、直爽，罩着班里所有的女生。她说话非常直接，从来不绕弯儿，有什么说什么，还很幽默，在班级里人缘很好，是班里的开心果。

毕业后，非常热血的她进入一家公司做销售，因为她没有弄清楚公司领导吃了客户回扣的事，嘴快的她在会议中将客户给回扣的事情说漏了嘴。领导一直用眼睛盯着她示意她住嘴，可是为时已晚，大领导知道此事后非常生气，一级一级查下来，宁夏成了替罪羔羊，被公司开除了。走的时候她和领导大吵了一架，说"不做亏心事，不怕鬼敲门"。

一次次工作的打击让宁夏收起了自己的锋芒，渐渐地，她意识到了一点，她有棱有角，以前她认为这是自己的特质，她应该保留，渐渐地，她发现自己的棱角不仅扎到别人，还会扎到自己。后来她又遇到了在公司被排挤的事情，她不慌不忙地跟领导交接完工作，然后获得公司的赔偿，最后自己主动提出离职申请，不再吵了。面对工作中处处排挤她的同事，她没有再去直接对抗，走的那一天，她微笑着和那个同事告别，然后转身删除了那个人的联系方式。

知世故而不世故，这是成熟最好的表现。看破但不说破，因为没必要。青青和宁夏都在生活和工作的磨砺中收获了新的自己，变得更圆润了，但不是圆滑。只要对待生活的初心不变，只要对待生活的积极态度不变，我们都会向自己期望的方向发展。

每个人，都有一段青涩时光，那时可以肆无忌惮，那时可以无拘无束，那时可以不问结果，那时可以全情投入。那时总觉得天那么蓝，空气充满着花的芬芳，雨中伴着淅淅沥沥的叮咚叮咚，靠着墙角45度仰望天空都可以凝望一阵，总觉得未来那么新鲜，总觉得自己充满了对这个世界的无限热情。

走向社会，灰头土脸地碰壁了，奋不顾身地撞墙了，鼻青脸肿地受教训了，毫无还手地被打击了，又能怎样呢？没关系，谁不是这样走过来的？只要你还有热情，只要你对生活还有信心，只要你还不忘最初的梦想，只要你依然坚信自己的路，那就勇敢地继续吧！老天给了我们几次失败的经历，也不会吝啬给你一次成功的机会，要闯一闯吗？就用青涩时的热情，那是青春最好的延续。

不自甘卑微，不责怪世界

　　我欣赏这样的姑娘：可以爱得撕心裂肺，也可以走得干干脆脆。虽然，如此干净利落不是所有人都能做到，但那段疼痛的时光，只有一个人咬着牙走过，才终能练成驾驭幸福的能力！

　　　　　　　　　　　　　　　　　　　　——苏芩

　　做一个温暖的人，不卑不亢，恬淡人生，在宁静中品味生活中的一切。不要轻言放弃，因为自从生下来，我们的使命就是活下去；不要抱怨痛苦，因为酸甜苦辣才是人生；不要总是喊累，因为你若向前，前途必定布满荆棘，你只有咬牙挺过去。经历过，才会懂得珍惜；走过岁月，才有看尽世事浮沉的从容和智慧。

　　我曾看过一部非常温暖的电影《小鞋子》，影片中讲述了一对兄妹与一双小鞋子的故事。他们生活的艰辛在我们看来无法想象，他们的梦想对于我们来说实现起来那么简单，但对于这两个孩子来说却是那么艰难。家庭虽然贫穷，但他们有最质朴的生活中的天真、单纯、简单的快乐。

　　影片中，兄妹俩的家境非常贫寒，妈妈要照顾更小的孩子，身体也不好，家里的支出只能靠着爸爸微薄的工资。一次，小阿里在买菜时，把刚刚修好的妹妹萨拉的小鞋子给弄丢了。阿里去给妹妹找鞋，没有帮助妈妈做家务，被爸爸训斥，说他都已经九岁了，已经不是小孩子了，自己九岁的时候已经可以操持家务了。小阿里委屈地抹着眼泪，他不敢告诉父母，自己弄丢了妹妹的鞋子。为了瞒住父母，小男孩决定让妹妹和自己穿一双鞋子去上学。

每天上午，妹妹穿哥哥的鞋子去上学。中午放学后，为了不耽误哥哥下午上学，妹妹要拼命地往家里跑，好与街头等候的哥哥互换鞋子。哥哥换鞋以后，也拼命地往学校跑，但还是会迟到，而且总被校长看到，差点就要开除了他。

家中电视里出现鞋子的广告时，兄妹俩十分渴望地看着电视机，又不敢说出来。一日下了大雨，小阿里忘记把刚刷完的鞋子取回来，妹妹第二天只能穿着他湿漉漉的鞋子去上课。妹妹走到商店旁看着店里精美的小红鞋羡慕不已，可是只能看看。由于哥哥的鞋子太大，妹妹萨拉穿着很不合脚，还把鞋子弄到了排水沟里，妹妹大哭，是附近的老爷爷帮她拿到了鞋子。

妹妹萨拉生气地对阿里说："我不会再穿它们，它们掉进排水沟了，它们太大了，掉下来了，是你的错，是你把我的鞋子弄丢了，如果你不找到它们，我就告诉爸爸。"阿里无奈地说："我不怕被揍，但爸爸要月底才有钱，现在他只能去借钱了。"妹妹默默地流着眼泪不作声。阿里又说："我以为你明白的。"之后，两个孩子依然还是穿着一双鞋上学。

一次，在学校上体操课的时候，萨拉看到同学罗亚穿着自己那双已经很旧的小鞋子，她告诉了阿里，他们一起跟踪罗亚想找回萨拉的小鞋子。当兄妹俩跟踪到罗亚家，发现罗亚的父亲是位盲人后，兄妹俩选择了默默离开，面对比自己家庭更贫穷的家庭，兄妹俩不忍心开口要回那一双虽然打了补丁，但对他们很重要的鞋子。

兄妹俩的善良是从父母那儿潜移默化得来的。爸爸帮寺庙将糖捣碎，妈妈让孩子给爸爸拿糖水。孩子问："爸爸那里不是有糖吗？干吗拿家里的？"父亲非常生气地说："这是寺庙的，怎么能拿？"父母最好的言传身教就是以身作则，小阿里和萨拉即使么渴望那双鞋，也没有选择去破坏别人家的幸福，他们选择就这样默默地继续承受着。

终于小阿里有为妹妹赢得一双鞋的机会，市里举行5000米长跑比赛，获得第三名的奖品是一双漂亮的运动鞋，小阿里对妹妹一直心中有所愧疚，他想争取跑到第三，给妹妹赢得那双运动鞋。比赛开始时，小男孩儿拼命地跑，他一心想得到第三名，当他被对手超越的时候，他依然咬紧牙，向前冲刺，途中摔倒了，他爬起来继续跑。他心中一直在不断回响着妹妹责怪他的话，他要跑第三，一定要跑第三。快到终点时，他虽已筋疲力尽，但还是咬牙坚持了下来，意外地获得了第一名。当大家纷纷祝贺时，小阿里面对镜头却流下了眼泪，因为他想要的只是那双鞋，并不是第一。

最后的结局还是很圆满的，爸爸赚到了新的收入，给兄妹俩各买了一双鞋。电影中小阿里和妹妹萨拉因为一双鞋吃尽了苦头，但他们依然保持着善良、简单的快乐，他们没有抱怨生活，非常懂事，不想让爸爸妈妈操心，用他们自己的方式去解决问题。生活有时就是这样，你只想像小阿里一样获得第三得到一双鞋子，但是你却因为意外获得了第一而希望落空。这就是现实生活的另一面，如果是你，你该如何面对？

生活有时就是会和你开玩笑，让你想得的没有得到，不想得的却有了意外惊喜，那就只能去接受它。既然现实摆在那里，那么就去接受。不要责怪这个世界为什么要把这样的事安排在自己头上，因为责怪是没有意义的。

小阿里和萨拉，两个孩子虽然因为小鞋子丢了，而有苦恼，但他们不是时时在苦恼，他们一直在用自己的方式去寻找办法，他们没有因为看到小女孩儿罗亚穿着萨拉的鞋子而强行要回鞋子，最终小阿里要通过自己参加比赛的方式为妹妹赢得鞋子。生活中遭遇各种意外是十分稀松平常的事，能得到的东西，就握住它，别溜了；得不到的东西，不强求。不要抱怨自己如何承受着苦难，苦难给你艰辛的同时，也会锻造你的毅力。

不要求别人是一种美德

王小波说过："人一切的痛苦，本质上都是对自己的无能的愤怒。"过得不如意，却没能力改变自己的现状，剩下的只有抱怨，抱怨总要找个倾诉对象，煲起电话粥，把自己全部的负能量传递给别人，这样好吗？

如果你只是在不如意的时候才想起朋友，你认为缺少个倾诉对象，不管对方多忙，都一定要先听你倾诉完，对不起，这不是朋友，你这是自私！当你好了，云淡风轻了，又忘记了这个朋友，那么没有人有义务当你情感的垃圾桶，任你随意投进各种垃圾。

首先我们应该明白，我们生活在这个世界上，没有任何人有义务一定要对你怎样，包括父母也是，他们给了你生命，又抚养你长大，已经是对你最大的恩德，你的成长是你自己的事，没有任何人有义务要对你的未来负责。

朋友非常忙碌的时候，自己的事情都应接不暇，你打一个电话，吩咐朋友一定要给你做什么，对不起，他没有这个义务。你在要求别人的时候，你有想过你为对方做过什么吗？如果你没有尽到朋友的义务，为什么要不停地打扰别人呢？任何人与人之间的关系，都是对等的，如果你只是一味索取，你最后只会众叛亲离，一个朋友都不会有。

我们不确定是否可以给这个世界带来多大的贡献，但是请不要给这个世界造成更多的负担。有的人觉得自己生病了不舒服，站在地铁里很难过，认为别人应该给自己让个座位，然而却迟迟没人给让座，于是就抱怨这些人真没素质，可是没有人有义务为你做什么；有的人在工作中，对自己不熟悉的领域，就认为做那项工作的人应该帮助自己，可是没有人有义务为你做什么。任何事都要先从自我做起，你可以自救，而不是等着别人来救。

我的一个朋友笙，自从她和她男朋友谈恋爱以后，他们之间的事情，我比她都清楚。从两个人谈恋爱开始，她就一直在喋喋不休地跟我说，她的男朋友如何不体贴不温柔，对她不够照顾，过生日不送她喜欢的礼物，纪念日想不起来，还对她大吼大叫。我告诉她，那你要告诉他你的想法。

又过了一阵，笙说她发现男朋友有劈腿迹象，她看到他和另一个女生的微信互动频繁，他们聊天很暧昧，她问我这种事情该怎么解决，我说自己也是经验不丰富啊，这个事情只能看她在不在意了。

没多久，笙哭着给我打电话，说男朋友提出来和她分手，问我分还是不分？我说这种事我没有办法给她主意的，只能看她能不能放下这段感情，是否还对这个男朋友念念不忘。第二天，笙说自己和他彻底分手了。

我以为笙已经回归到了她正常的单身生活，可是一天晚上，笙又哭着找我说，男朋友出国了，没有和她说一声就走了。我说这很正常啊，因为他已经不是你男朋友了。她说谈了那么久的恋爱，就这样不告而别了？

过了一个月，笙说她已经买了机票，要去找她男朋友，他们又打算复合了。她的男朋友答应跟她一起办理移民的签证，让她和他一起出国。我提醒她要慎重考虑这件事，当时笙很气愤地对我说，她很相信她的男朋友。我当时突然间觉得自己好像管了不该管的事，也就不再说什么了。

一年后，笙回国了，没再联系我，通过其他朋友才知道，她的男朋友和其他女生结婚了，笙一个人回国的。任何事，别人都没有办法给你个正确答案，感情的事更是如此。经过了和男朋友之间反复的分开与复合，现在的笙已经能自己清醒地解决问题了。任何人都是从一次又一次的挫折中走过来的，没有人能替你承受这种苦，也没有人可以帮你判断你的人生。

笙变得对感情不再那样手足无措，或是说没有办法，她对待感情理性了很多，她在感情方面渐渐成熟了，而不是当初那样怕这怕那，又怀疑这怀疑那，把自己弄得死去活来，这样的经历给了她理性思考感情的能力，虽然很痛，但是她也要自己走过来，别人无法替代。

永远要记住，最好的心理医生只能是你自己，只有你自己心中对一件事放得下，你才能获得快乐。从前有过什么跨不过去的坎儿，随着岁月的累积，用一段时间自我调整，当你走出来时，你会觉得，其实那并不算什么。

你要记住，你的路别人无法帮你完成，同样，别人的路你也无权干涉。不要求别人怎样，也是对自己的放心，对别人的尊重。你的负能量只会消耗你的温度，汲取你的养分，现在你又将它传递给别人，也同样消耗别人的能量。有道是"性格决定命运"，但态度更决定人气，没有人喜欢每天充满负能量的人，你对生活的态度决定着你的人生是否有收获、有人气，毕竟好运和良好心态是成正比的。

不议论、不讽刺、不挖苦、不嘲笑，是对他人最起码的尊重。尊重别人也是尊重自己。学会赞美，而不是要求，赞美别人，能给人的心灵播洒新的希望，激励着奋斗中的你，促你成长。真诚的赞美，是豁达的心态和良好修养的体现，是积极处世的态度。一个微笑，一句温暖的话语，一个友善的表情，都会给别人带来愉悦，不要求别人，从要求自己做起，所有的事试着一个人去做，一个人去承担、去解决。

绝望，也不过是一种心情

看过这样一部电影《滚蛋吧，肿瘤君》，记得里面有一段台词非常深刻：人不能因为早晚有一天会死，就不想活了。死，只是一个结果，怎么活着才是最重要的。经历过、爱过、坚强过、战胜过自己，有过这些过程，才算没有白活过，所以不能害怕失去，就不去拥有了。

电影是根据漫画家熊顿与病魔抗争的真实故事改编的。熊顿是一个十分坚强、乐观的姑娘，她与病魔抗争的故事非常鼓舞我们。我当时看过电影后还去天涯贴吧上翻了她连载的《滚蛋吧，肿瘤君》这部漫画，画得非常好。她用一种乐观的方式调侃着病痛，鼓励着所有的人，很多人从她的漫画中获得了勇气，再次审视生命的意义。

淋巴癌，一个无法做切除的癌症，面对这样突如其来的剧痛，应该没有谁不会被这样的病魔吓倒的吧？而熊顿将它画成漫画向世人展示自己与病魔顽强抗争的故事，她的坚强与乐观让我们心疼，又让我们敬佩。看过这部电影后，我相信很多人都会很想念她，想念那个无比乐观，脸上总是挂着笑容的女孩儿，她的微博永远定格在了2012年。

电影中并没有以一种悲情的方式讲述一个原本就很悲惨的故事，而是用一种温暖的方式讲述一件残酷的事情，虽然，面对病魔，我们每个人都显得那么无助，但是电影带给我们更多的是警醒。

影片中几个情节让我印象非常深刻：一是熊顿和几个朋友一起剃了光头，"五颗卤蛋"大摇大摆地走在街上，那么潇洒，一起拍写真，一起疯狂，看着既有让人心疼的难过，又有被友情融化的温暖。二是熊顿依偎在妈妈身边，做最后的告别，母女两人的对话："妈妈，我知道这对你们挺难的，其实我也挺难的。你知道我的银行卡密码吗？""不知道，不想知道。""是你的生日呀。"这是一种束手无策的痛，母亲看着女儿一点点离去。三是熊顿遗体告别时，最后录的那一段视频："我是我们所有人当中唯一跟死神亲密接触的人，所以我有权指点你们的人生了。我这趟列车已经到站了，但是你们还没有，一定要好好的，要精彩地活下去，你们要记住爱与被爱是这个世界上最重要的事情，要永远坚持。我也没有离开你们，只是换了一种方式继续活在你们的生命里。在生活中遇到什么过不去的事情，默念'熊顿'三遍，我一定会在天上赐予你们力量的。我是熊顿，狗熊的熊，牛顿的顿。"

生活中我们会遇到很多次打击，但是与生命的抗争比较起来，它们一文不值。怕什么？失去了至少你还有再去追的机会，但你要有自己的样子。电影中，北漂、失业、失恋，熊顿的人生在一夜之间崩塌了，但是她用乐观将最后的生命活出了最美的颜色。熊顿说："人生就是要抓紧有限的时间燥起来！"冲动，你只是后悔一阵子，但要是活得太失败，就会后悔一辈子！

豁达与乐观永远是我们对于生命中每一次挑战最有力的回击！每一次痛彻心扉的打击，会让你对生命有了彻悟般的警醒。

我有一个高中同学，她上学的时候非常努力，早晨4点多起床去自习室学习，晚上总是最晚一个回到宿舍。她学习刻苦到自己身上过敏了，都不敢吃抗过敏药，怕自己会因为吃那个药而打瞌睡影响学习。每一天她都风雨无阻，自习室永远是她第一个到。她还非常善良热情，对每个同学都非常好，班级里的人缘也很好。

大学的时候，我们考到了一个学校，虽然不是一个专业，但是公共课还是一起上的。我们的关系很好，我经常去她宿舍找她玩。快期末考试的时候，大家都为了复习非常忙碌。然而就是一个月的时间没见，我再听到有关于她的消息时，却是她查出肝癌晚期已经去世了。她从知道得病、住院到离开只有三天时间，班里的同学正想给她凑医药费，医药费还没凑够，她就已经毫无征兆地永远离开了。

当时我得知这样一个消息，一刻也不能平复，我不敢相信这样的事会发生在我身边的朋友身上，可是人生就是这样无常，我们能做的就是珍惜可以拥有的。任何事在生命面前都是渺小的，你的失意、你的绝望在面临真正的生死考验时都会显得那么不值一提。

绝望只是你的心态，战胜绝望，就是战胜你脆弱的心态，没什么事可以让你那么绝望，那些面临着真正的最艰难的病痛考验的人都能乐观坚定地面对，你为什么不能？绝望是因为你还保留了退路，如果你不给自己退路，只能选择向前，你还顾得上吗？

生而为人，一定要有向死而生的勇气，这样你才能有战胜困难的力量。

向死而生不是真的选择去死，而是在临近绝望和死亡的那一刻，选择更好地去生存。死让每个人警醒，让沉沦消沉的人开始重新审视自己现有的生活。这时，一切曾经以为让人绝望的事都已不再重要，一切掩饰都将烟消云散，只剩下自己立刻去做，去做宁死也绝不后悔的事，不逼一逼自己到绝境，就不会理解自己生命的意义究竟是什么。不向死，如何生？在向死而生的压迫下，我们逼迫自己一定要找一个最为重要的事情去做。

永远相信，没有时间抹不平的伤

　　"生存还是毁灭，这是一个值得考虑的问题；默然忍受命运的暴虐的毒箭，或是挺身反抗人世的无涯的苦难，在奋斗中结束一切，这两种行为，哪一种更高贵？死了，睡着了，什么都完了；要是在这一种睡眠之中，我们心头的创痛，以及其他无数血肉之躯所不能避免的打击，都可以从此消失，那正是我们求之不得的结局，死了，睡着了；睡着了也许还会做梦；嗯，阻碍就在这儿：因为当我们摆脱了这一具朽腐的皮囊之后，在那死的睡眠里，究竟将要做些什么梦，那不能不使我们踌躇顾虑，人们甘心久困于患难之中，也就是为了这个缘故。"

　　哈姆雷特的这一段内心独白是莎士比亚的经典台词，生存还是毁灭确实是困扰着每一个人的问题，莎士比亚借此表达了他对人生的终极思考。人生有太多痛苦是无法避免的，难道死之后就可以解决问题了吗？答案是否定的。我们来到这个世界上唯一可以确定的事，就是死亡，死神早晚都会不期而至。史铁生说"死是一件不必急于求成的事"，死神早晚会不期而至的，我们为什么要费尽心思去想它什么时候到来呢？

　　既然造物主给了我们生的机会，为何总费尽心思想着死的事情？你应该风雨无阻地走下去，抓住时间的手，不应该在瞻前顾后中蹉跎。还没有好好地活过，就去想着死的事情，岂不是太悲情？

　　"既然活了下来，就不能白白地活着。"这是《琅琊榜》里胡歌最爱的那句台词。对于胡歌，12 年前的一场车祸，让他经历了至暗时刻。而后由于生命的重新邀约，给了他重生。2005 年，从上海戏剧学院表演系毕业的胡歌，在电视剧《仙剑奇侠传》中成功塑造了"李逍遥"一角，成为爆红的演员。

　　然而，命运就是如此捉弄人。2006 年拍《射雕英雄传》期间，胡歌遭遇严重车祸，缝了一百多针。他说第二天偷偷地去照镜子，脸足足大了一倍。医生说能够保全性命，并且右眼没有失明简直是奇迹。胡歌一度无法接受镜中的那个自己，他也几乎放弃了再做演员的念头，他不知该如何面对镜头。

　　一场车祸，给胡歌的身体和心理都带来了巨大的打击，胡歌醒来后第一句话说的就是：其他人怎么样？身边人都瞒着他说，别人没事，就他伤得最重，胡歌终于舒了一口气。几天后，他才得知真相，他的助理张冕在车祸中当场死亡，胡歌再也控制不住自己，号啕大哭起来。他曾一度不敢去面对同事的家人，对同事的离去，他也始终无法释怀。曾经有一段时间，他特别不愿意提及那件事。

发生车祸一年后，《射雕英雄传》复拍，他没有勇气面对，好像自己给大家添麻烦了，为了避开伤疤，大部分时候拍他左侧的脸，胡歌甚至感觉到那是一种羞辱。拍摄完的那一天，胡歌终于控制不住自己的情绪了，他一个人沿着海边一直跑，跑着跑着就哭了，全剧组的人都在后面跟着胡歌跑。当时的那种委屈、迷茫、无奈、孤独，都释放出来了。

虽然保住了性命，但对于一个明星来说，毁容这是多么大的打击啊！脸上的疤痕，在很长一段时间里，都给胡歌留下了非常大的阴影，他经常聊着聊着就把左脸面向别人，他不想面对真正的自己。直到《神话》后，胡歌突然想通了，他觉得过分的保护，其实是对演技的一种限制，也是对演员的一种羞辱，他没有必要遮遮掩掩的。他跨过了心里的那道藩篱，他不再遮掩，只有不逃避，直面创伤，人生之路才会变得越来越宽广。

尼采说过："杀不死我的，只会使我更加强大。"在那段最消沉最无助的日子里，阅读帮助胡歌找到了活着的意义。如果皮囊难以修复，那就用思想填满它。胡歌很清楚自己是一个演员，不是一个明星，演员是需要用作品来说话的，而学习是必不可少的。他一直保持着阅读的习惯，走到哪儿都会带着书。

胡歌的演艺事业并没有因为那一次车祸戛然而止，相反，因为他的不断努力，演艺事业更是突飞猛进，《伪装者》

《大好时光》《猎场》，每一部都是艳惊四座，他一举拿下了2016年金鹰节"最具人气演员奖"。只要你不放弃梦想，梦想就永远不会放弃你，胡歌用自己的努力一步步证明了这一点。

如今36岁的胡歌，一直在寻找着他重生的意义。他总觉得能够活下来，应该是有一些事情要去做，或许是有一些特殊的使命要去完成。但是这12年里每当他想起的时候，都会很自责，因为到现在他都还没有找到，特殊使命到底是要做什么，他一直在寻找着。在事业巅峰时，胡歌宣布息影一年，离开喧嚣的娱乐圈，去读书、去摄影、去旅行，他想同样专注内心的潜修。

人生总是会有起起落落，我们都会经受这样或那样的创伤，这是在所难免的。解除这些创伤所带给我们的痛的最好办法，就是对它献出更多的爱。一件事情让你痛了，那就想出各种方法来减轻这种痛的伤害，在时间的打磨下，将它降至零，你才会忘记这种创伤。

相信没有时间治疗不好的伤，所有的伤痛都会痊愈，就看你想付出多大的努力！不要忘记最初的想法和动力，把自己磨砺成一把利剑奋力前行。我们要明白，人生是因为有梦想，有追求，才会有不断向前的意义。

永远相信，美好的事情即将发生

梭罗说："万物尊重虔诚的心灵。只要你对某事如痴如醉心向往之，便没有什么东西可以扰乱你的内心。"生活有多美好，取决于你对它有多热爱，当你相信一切都会好的时候，一切就会真的好起来。感谢曾经那么努力的我，才会让现在的我看到这么多美好；感谢上一秒的自己没有放弃，才会让这一刻的我可以创造奇迹，还好我没有放弃，还好我继续坚持，还好我还在努力。

体育竞技总会给我们带来心灵上的巨大震撼，那是一种瞬间冲破阻碍，亲眼见证奇迹的感动与骄傲。每一次看到五星红旗在国际赛场上高高飘扬，中国运动员站在最高领奖台上唱着国歌时，是的，那是属于我们每一个中国人的骄傲。体育精神是冒险、勇气、突破，翻越一座座高峰，创造奇迹。

2018 年平昌冬奥会时，我也在电视机前一直关注着中国冬奥会运动员们的战况，尤其是中国短道速滑队的表现。十几天的比赛，焦灼、压抑、委屈、泪水，这一次在韩国举行的运动会真的是一场十分艰难的硬仗，很难打赢。可以看到主教练李琰的神情一直十分紧张，但她从未把自己的负面情绪带给队员们，依然让他们按自己的节奏，滑出自己的正常水平。队员们内心和教练一样有些压抑，但是他们也都在努力地克制自己的情绪，尽量不影响到队友。

2018年2月22日，中国男子短道速滑队的武大靖将要向个人男子短道速滑500米的金牌发起冲击，他在比赛前一天脑中一直浮现着十几天来比赛的一个个画面，他想他要为中国短道速滑队做点什么。

比赛当天，武大靖还是有些压力，很紧张，但是整个人看上去非常冷静、沉稳、大气，一直以绝对的优势非常酣畅地拿下了比赛。最终当他冲破了百米终点线时，央视解说员激动到泪崩：大靖顶住了压力，没有任何问题，我们是冠军。我武飞扬，所向披靡。干干净净的小组第一，没有人能够追得上，没有人能够影响到。恭喜武大靖，恭喜男队终于实现了突破！没有任何问题，不需要等待任何的商议结果。此时，武大靖已经身披国旗，让五星红旗在这块场地上高高地飘扬！所有的教练组成员都紧紧地拥抱在一起！新的世界纪录，39秒584。从李家军时，我们就一直等待着男子短道的突破。2002年，女子短道实现突破，男子一直是我们所牵挂的。等到了短道速滑的最后一个比赛日，武大靖用打破奥运纪录、打破世界纪录这种连续打破纪录的方式实现了。

赛场上的武大靖重压之下，尽显霸气，他自己回忆说，当时比赛的时候直到最后一圈冲刺获得了冠军，感觉像在做梦一样，心里一直在想不要给对手留下机会。二十年磨一剑，武大靖用自己的绝对实力为男子短道速滑队实现了金牌零的突破。

武大靖与短道接触，缘于小时候一次在电视直播中他看到了大杨扬盐湖城冬奥会夺冠。当时他就觉得冰上飞驰的感觉很有趣，他就和妈妈说自己想学短道速滑。父亲是工人，母亲是个体户，武大靖家的生活条件很拮据，对于这个家庭来说，购买冰刀的费用都是一笔不小的开销，但一家人还是支持他的选择。8岁的时候，母亲带着他去家乡的佳木斯室外冰场开始训练。当时他是在佳木斯业余队学习，他的启蒙教练李军说那时的条件简陋，武大靖当时作为业余队员，经常是半夜十一二点钟上冰，到两三点钟再下冰。冰刀磨坏了也要练，他怕歇一天后跟不上，三天都缓不过来。

全市找不到室内冰场，武大靖在一片漆黑中投入自己的学习，冰道上的速度让零下30摄氏度的大风咆哮得更加厉害。冷，特别冷，他感觉自己的脸都一直肿着。每隔15分钟，他就要到冰场边上家长休息的帐篷里脱下冰鞋，在火边烤烤脚。

13岁时，武大靖以优异的成绩加入了江苏队，来到南京训练，一年多的时间才回家一次，回来后父母差点没认出他来，他已经从一米六长到了快一米八。16岁，武大靖被选入国家队，他是被破格录取的。当时国家队男孩儿选十名，女孩儿选十名，他就排在第十名，随时都有离开的可能。武大靖被安排做女生的陪练，他长距离滑不过周洋，短距离滑不过范可新，队员们的每个眼神、每个细节对他都是一种打击，他感觉自己根本不像是个男孩儿了。

看似很受委屈，其实是对他的培养，顶得住压力，才会走得更远。武大靖的表现越来越优秀，教练李琰从没有想过要放弃，李琰对他说："你有梦想，我也有梦想，你的梦想是奥运冠军，我的梦想就是把你培养成奥运冠军。"

武大靖的自身条件很好，冰感也很好，他有一双与身高相称的大脚，上面布满了坑坑洼洼的疤痕和茧子，让人看到不觉有些触目惊心，这是常年与冰鞋相依为命的结果。他的脚前弓很长，脚踝有劲，膝盖很大。李琰教练一直非常相信他可以为中国男子短道速滑队创造奇迹，在 2018 年 2 月22 日这一天，他终于实现了！武大靖说："这是新的开始，我们还能做到更好，非常期待 2020 年北京冬奥会。"

比赛虽然很艰苦，也很艰难，奥运会运动员的压力是我们难以想象的。就像武大靖说的一样，当时刚入选国家队时，自己也许今天的训练还一切照常，明天因为训练的成绩不好，可能就要离开国家队。真正到了赛场时，他就会放下所有包袱和压力，就是一轮轮拼下来，突破自己。

每个人胸中都应该有一颗赤子之心，有一团为了梦想燃烧的火焰，这团火焰让你心中永远涌动着无限的激情、热血，即便你满身是伤，两手空空，也不会放弃。所有的强者都是勇者，只要你真的坚持了，只要你真的拼了，就一定会看到奇迹！

读懂自己，需在夜深人静时

你是否经常和自己的内心对话，问一问自己到底需要什么？也许大多数人并没有找到答案，只是随波逐流，看周围的人怎样发展，自己就跟着去学。别人的路别人走通了，但它终究不是你的路，别人走得通的路未必你就走得通，你应该在夜深人静时好好和自己对一次话，问问自己现在是否开心。

每一个写作的人似乎都偏爱在夜晚写作，因为夜晚的时候非常安静，适合思考，灵感也会来得更多些。我也同样如此，经常搞得黑白颠倒，放着钢琴曲或是一些舒缓音乐，然后一个人噼里啪啦地敲着键盘，好像这一刻，你才会有很多文字要在电脑上打出来。写作的人是用生命在熬，虽然十分艰苦，但我想每一个能坚持下来的人都是因为热爱吧。

鬼知道你经历了什么，有谁知道你深夜的时候为了可以清醒地写作，几次坐在电脑桌前打着瞌睡，又清醒过来，接着开始敲击键盘，喝了多少次咖啡，为了可以清醒地完成这一天的写作任务。从天黑时，写到天亮，再从天亮写到天黑，似乎这一天天的变化就在电脑桌前，对于你来说没有多大变化。

　　作家阿乙说，他一直在用错误的、耗损的方式写作，抽烟，熬夜，不按时吃饭，生活没规律，缺乏纪律。阿乙的朋友说他身上有一种亡命气质，他是那种为了写作不要命的人。阿乙无数次告诉自己："我这条命是为文学准备的，我想我死的时候，我的桌子上摆满我的作品，这就是我的人生意义。"

　　阿乙 1976 年出生于江西瑞昌，高考的时候，他的高考志愿报的是警察学校，但他的理想却并不是当警察。在瑞昌市洪一乡当了一年半的民警后，阿乙辞掉了瑞昌市公安局的工作，后又考取了公务员，过着闲适的日子。这样的日子在外人看来还不错，但他自己过得并不快乐，他更喜欢文学。2002 年的一天，阿乙走在街上，突然感到人生中有一种漫无边际的迷茫，他好像在现在的生活里看不到自己想要的希望。这时的他 26 岁，他打算辞职不做了，他要去《郑州晚报》做体育编辑。生活在郑州的阿乙，每天上三四个小时的晚班，闲下来就去书店逛。他坚持自己写故事，投稿给各个出版商，从 26 岁投到 32 岁，投了 80 到 100 多个，但都没什么回应。

　　那时的阿乙，他自己形容道："就像是一只鸡，想展翅飞翔，但是飞了一定高度后就被迫掉了下来，又灰溜溜地回到了鸡窝。"那时父亲会经常问他都已经三十好几了，那么好的工作不要，非要在外面混，别人都已经有房有车了。当时的他在想，只要心是靠近写作的，只要时间够久，是一定能写出来的，即使写不出来，通过写作获得的那种幸福感也是超过房和车的。

2008 年，他的作品被罗永浩看到，将他推荐给了出版商。他的短篇小说集《灰故事》出版了，印刷了 4000 本，他不知道一共卖出去了多少本，但是他知道自己的梦想已经逐渐照进了现实。2010 年，北京磨铁图书有限公司总裁沈浩波在接受媒体采访时，说非常欣赏阿乙，认为他的小说集《鸟，看见了我》是本"纯粹的文学集"。尽管他当时只是《体育画报》的一个普通编辑，但是沈浩波还是签下了他。

越努力越幸运，后来北岛也给予了阿乙热情洋溢的评价，说从他的《灰故事》开始，就已经关注他了。北岛说："就我阅读范围所及，阿乙是近年来最优秀的汉语小说家之一。他对写作有着和生命同样的忠实，就这一点而言，大部分成名作家都应感到脸红。"2011 年初，35 岁的阿乙为了自己的理想，跳槽到《天南》文学双月刊担任该刊的主编。十几年的漂泊生活，阿乙从村到乡到市到首都，他经历了很多很多，他自述道："没有那种时时刻刻担心自己成为井底之蛙的恐惧感，没有那种切肤的挣扎和时时涌来的绝望，没有惨痛的失恋与无聊漫长的时光，可能现在什么也写不出来。"

2013 年，是阿乙最痛苦的一年，他在病痛中写作。他在一次写作中，突然咳血，他非常害怕，跟着妻子去医院检查，一开始怀疑是肺癌，阿乙还给自己打气，在自己手心上写了"是又怎样"四个字。这个病和阿乙的写作有着很大的关系，曾经阿乙是一天24小时都在围着写作转，甚至有时候做梦都在梦里面和小说中的人物交谈。以前他都是自己烧饭吃，或者到外面吃，后来不愿意出门，就订餐，慢慢地觉得敲门也是对自己的惊扰，后来就索性去超市买了很多面包，储存在家里，就着面包和牛奶，这样一天只吃两顿。那个时候抽烟，一天要抽一包半，还大量地饮茶，喝咖啡，睡眠质量非常差，有的时候觉得自己只是闭上眼睛但脑子还在转着在那儿休息。他总觉得自己的时间不够，总是很焦虑，他说自己想写一部让人过目难忘的作品。

2013年10月，阿乙试图放弃过写作，他戒了三个月。但当他再次打开电脑时，对文学的那种热爱又涌了上来，所有为小说受的罪又涌现出来。身体上的不适让他无法全身心地投入到写作中，他将自己原来每天3片的激素量直接加到20片，他要用这个激素换得一些时间，要换得一个更好的状态来完成工作。阿乙坚持在病痛中也要完成的小说就是长篇小说《早上九点叫醒我》，2018年，这本书终于出版。阿乙说："只有完美呈现出来个长篇，才觉得人生了无遗憾。"

不疯魔不成活，阿乙凭着自己顽强的毅力在进行着他的文学创作。从2008年到2018年，他以每年出版一本小说或随笔的频率，创造出了写作的巅峰，被称为"最具影响力的中国中间派作家""近年来最优秀的汉语小说家之一"，他的作品被翻译成七种语言十个版本，在海外译本获得了英国文坛笔会奖。

　　不要总是等待，总是给自己找各种借口，如果你考虑到了自己想做什么就快一点动手，如果你有强烈想做的事就立刻去做。在每一个夜深人静的时候，当你突然想到一件事，这件事一直萦绕在你的心里，你不做这辈子都会后悔，那就赶快行动，义无反顾地去行动，不要等到一切都来不及时再去后悔。我们因为热爱，会变得伟大；因为热爱，才会创造出一个又一个的奇迹。

无论过去怎样，你要带着阳光

　　2018 年北京冬季一个普普通通的周末，朴树突然现身文艺的后海街头，为普通路人唱起了歌。他先道了一声：周末好。随后，音乐响起，他开始轻轻地唱起了歌，零下七八摄氏度的街头，围了很多路人，大家看到朴树，很多人拿出手机记录下了这一刻，随着音乐，人们一边打着节拍，一边跟着哼唱。时间在这一刻慢了下来，就那样，听着他的歌声，静静地，没有喧嚣，那般美好。

　　朴树说这首歌就是想唱给那些早出晚归的人，唱给那些为生活辛苦奔波的人，"有时你唱起歌，有时你沉默，有时你望着天空”，唱完歌以后，朴树挥手告别，然后带着乐队满足地离开。随意地站在街头，为最平凡的人唱歌，是的，这很朴树。

朴树的父母都是北大教授。朴树小的时候很乖巧，有点内向，爷爷奶奶、爸爸妈妈都很喜欢他。他的哥哥和他性格很不同，哥哥比较调皮。小学升初中的时候没有升到北大附中，对他的心理有了不小的打击。那时的他，情绪总是很低落。一次，他看到哥哥房里的吉他，很好奇，后来就迷上了吉他。考上大学后不久，他就在大一选择了退学。两年后，他签约高晓松和宋柯的麦田音乐。

高晓松回忆说：“他是我们签约的第一位歌手，有一天他抱把吉他就进来了，‘我给你们唱一首歌吧’，就是那首《那些花儿》，宋柯听后哭得稀里哗啦的。第二次，朴树带了歌词，写在了本子上，就是那首《白桦林》，宋柯又哭得跟鬼一样。那时是最美好的时间。”

朴树至今只发行了三张唱片，1999 年，朴树 26 岁，发行首张专辑《我去 2000 年》，2003 年，朴树 30 岁，发行了第二张专辑《生如夏花》，2014 年朴树 41 岁，他的歌曲《平凡之路》问世。2017 年朴树 44 岁，发行了第三张数字专辑《猎户星座》。第三张专辑他用了 14 年的时间，其间经历了很多困难与反复修改，也有做不下去的时候，朴树说如果知道那么难做出来这一张专辑，或许他当初没有那么大勇气。

就是这三张专辑倾注了朴树对音乐的执着与十分纯粹的精神，使他成为70后、80后、90后三代人都十分喜爱的歌手。

我记得我曾问过一个弹吉他的朋友，喜欢朴树的什么？他说朴树是一种情怀吧，他不单单是一个歌手了，他对我们每个做音乐的人是一种激励，不要迷失自己。朴树是个很特殊的歌手，出道至今20年，他只发过3张录音室专辑。但他好像又存在于很多人的记忆里，随便想想往事，不知哪里就会和他的歌有所关联。

朴树说渴望一个东西，为它献身，当时是渴望的，后来是害怕的、特别漫长的、迷失的过程。朴树也曾陷入过一段抑郁的黑暗时光。他说那时看不到希望，不想见任何人，甚至想过放弃生命，于是只能在自己的房间里说服自己，安抚自己，告诉自己那时想的都是错觉，唯一要做的事情就是安安全全地把今晚度过去，然后明天早上醒来的时候会是新的一天，会看到新的东西。那个时候，任何东西都不能分散他的注意力，只有自己能救自己的那种煎熬，让他甚至连音乐也无心顾及，但待着待着就习惯了，然后就这样不停地循环，一点点地熬过去。

那种感觉非常痛苦，就像他歌词中写的那样："只有奄奄一息过，那个真正的我，他才能够诞生。"

朴树非常怀念2002年、2003年刚开始做音乐的时候，那个时候心念简单一点，没有现在这么复杂，你要面对很多事情，你心里就会有那个趋向，那个时候是没有的，就是你只是一张白纸，只是凭本能来做这个事儿。

朴树的每一首歌，他都需要精雕细琢，慢慢打磨，每一个作品都要付出非常多的经历，只要有一点瑕疵他都要改，觉得不对就推翻重来，花 14 年出一张专辑，在朴树身上是合情合理的。他 2012 年组建了自己的乐队，他和他们已经一起工作了五六年，乐队的每一个人都非常喜欢和朴树一起工作，朴树到哪里也都要带着自己的乐队。他拼尽全力，他说自己一次偷懒儿，听众听不出来，但是音乐的底线会不断下降，这是很可怕的。

朴树的灵感来源有时又很有趣，他在一段采访中说，自己的《清白之年》就是他在小学同学聚会自己临出门前写下的。朴树永远是那么耿直，他从不刻意去遮掩什么，只是在大众面前呈现一个最真实的朴树。

曾经的朴树在黑暗中迷失，但他最终鼓起勇气，不仅自己走出黑暗，也想激励万千世人，勇敢地拥抱世界的美好与光明。他说：我觉得老不可怕，我怕失去勇气。从朴树身上总能看到一个少年执着的、纯粹的、真实的样子。

过去的所有都只能代表昨天，希望永远是在明天，无论过去怎样，你只要把握住今天，就会看到充满希望的明天。无论曾经的你是否遭受打击，体验过哪种苦难，去勇敢地追寻明天吧，过去都已经成为历史，无论它辉煌或是悲伤，都已不重要，只有未来才是充满希望的。充满阳光的路上也许会同样充满荆棘，但只要你心里拥有阳光，就不怕那些荆棘，战胜荆棘，你就会收获充满阳光的世界！

在不完美的过去，找寻未来的契机

每个人来到这个世界上都肩负着同一个使命，那就是"生存"，但以何种方式生存，就要看每个人的选择了。好的生活是自己争取来的，不好的生活也是自己争取来的，但是大多数人都处在混沌中，不知道什么样的生活对自己才是最好的。人们大多是看看周围人，然后人云亦云地认为别人都羡慕的生活就是好的，拼命想过上让别人羡慕的生活，但快不快乐只有自己知道。

过去不重要，重要的是未来。很多人一直在抱怨着过去吃了各种苦头，但那些都已经过去了，再去计较根本毫无意义，过去的就只能成为历史，未来还未发生的才是你该期待的。每个人最重要的不是给自己悲观地设置各种死路，而是乐观地为未来的自己寻找新的出路。

眉清目秀，绑着金色长发，身穿小背心、热裤，脚上一双酷酷的爬山靴，25 公斤大米很容易就托举起来，她就是 2017 年被香港网友爆出的"香港最性感女搬运工"朱芊佩。她完全颠覆了人们以往对搬运工蓬头垢面邋遢形象的印象，在她眼中没有辛苦体力劳动后的愁苦，反而更积极阳光。当记者采访她时，她只说了两句非常朴素的话："我不可以倒下，我倒下就没人撑了。有汗出就有粮出。"

朱芊佩出生在香港，小时候全家搬去了台湾，后来又跟着父亲来到大陆，在内地读了三年中学又回到了香港。读书到中五（相当于高二）时，父亲生意失败，一家四口的生活陷入绝境，这时的朱芊佩作为家里的长女急于出来工作，帮家里减轻负担。朱芊佩的性格一直都很像男孩子，父亲也把她当男孩子养。家里还有一个妹妹，朱芊佩为了照顾妹妹，决定自己出来工作支撑家里渡过难关。

她其实在做搬运工之前也做过很多工作：酒店保安、文职、销售员、清洁工、救生员，但每份工作都做不长。她不太擅长言谈，她说自己在酒店工作要承受巨大压力，老板会给自己麻烦，顾客会使自己生气，是是非非，钩心斗角，觉得太累了，因此也都不想做了。

朱芊佩的父亲在她小的时候还在做生意，很爱带着她去看集装箱码头的日常运作，她也觉得很好玩儿，看着起重机把集装箱夹来夹去，很好奇怎么操作的，小时候玩堆积木，她都会堆成集装箱码头的样子。

朱芊佩在工作中接触到搬运工人，非常羡慕他们能坐车四处送货。恰巧她在情绪十分低落的那段时间里，在报纸上看到一则招工广告，她就决定自己要去试一试。做搬运工，小朱的身边都是男同事，他们认为小朱也就是看着好玩，第二天就会请病假，根本撑不了一个月，这么高强度的工作量她肯定承受不来的。

小朱和他们打赌，说自己一定会坚持下去，没想到她一做就是八年。每天早上 8 点就开始搬货上车，按时运送到不同送货点，下班时间取决于当天订单量，节假日过年都会是送货高峰期。朱芊佩坦言自己是要比这些男同事多付出一倍的汗水，但是和他们一起相处，他们都很直接、真诚，也很团结，虽然经常汗流浃背，但做得很开心，还能赚到钱。

朱芊佩回忆自己有一次遇上送货高峰："一个人运 60 趟货，货品不算特别重，普通的 200 公斤左右，有的 300 公斤、400 公斤。有大米，也有日用品。当天 10 点开工，做到半夜 1 点，下班后只觉得脚软。"朱芊佩的手指受过伤，一个月后又复工，腿上大大小小的瘀伤清晰可见。她说："讨生活嘛，不干活就没饭吃。我不像其他人，我都要靠自己，不想这么大个人，还老是向父母要钱。"

朱芊佩也听到过别人的流言蜚语，有人说女人家回家做饭啦，在这里干吗？她听完也没作声，她要用行动证明给他们看，自己可以做好这份工作。香港的夏天很热，下午气温会持续高达 30 摄氏度以上，在这样的条件下，朱芊佩也从来没有娇气。一般女性很少会选择体力劳动量大的工作，但朱芊佩认为这份工作给她带来的简单快乐是最重要的。当看到货车载满货，她觉得又被自己征服了，很有满足感，她想要的快乐很简单。

如今30岁的朱芊佩，对未来也有她自己的思考。"最好能考到车牌，开着货车到处跑很自在。对装修也有兴趣，宜家有的货车就是我喷的色。"家人的希望，工作的辛苦，朱芊佩心中支撑她的是"生存"。

有颜值有身材，从不矫揉造作，非常独立自主，不仅照顾自己，还照顾家人，朱芊佩就是这样一个阳光乐观的女孩儿。长得漂亮是优势，活得漂亮是本事，明明可以靠颜值吃饭的朱芊佩却选择了用实力证明自己。很多女生都在宣扬着我们要独立，我们要靠自己去证明自己，但是真的遇到各种问题时，大部分人都会选择退缩，然后给自己找一堆理由，只为让自己面子上可以过得去。一遍遍地向别人诉说，不是我不行，而是那个不适合我。我是女生，那个不可以的，做不来。别人很同情地献上自己的理解，其实只有你自己知道，你欺骗的也只是自己罢了。

朱芊佩就靠力气吃饭，她没有依靠任何人，她的每一分钱都是靠自己的汗水换来的，这让她可以很踏实地生活。那些一直说着这个我不行、那个我不可以的女生是否也该有所反思了。不是你行不行，是你有没有坚持做，才是问题的关键。过去我们都会遇到各种各样的问题，遭遇过生活上的各种不如意，没关系，这都不重要，重要的是你现在可以找寻新的机会为自己谋一条适合自己的"生存"之路。这个时代可以让你有很多机会，不用看人脸色行事，但前提是你要先学会一项凭本事吃饭的技能，才能给自己真正的底气。机会不会因为你是女生就主动垂青你。

第三章

你怎样，世界就怎样

你怎样，世界就怎样

我们每个人心中都存有一个自己的世界，在自己的世界中，如果你为自己心里种上一朵花，那么你眼前的世界就永远是灿烂多彩的；如果你在自己心里洒下一片阳光，那么你眼前的世界就是无比温暖、充满希望的；如果你在自己心里留下一个黑暗的角落，那么你眼前的世界就是迷茫看不到边际的。你的心，决定着你眼前的世界是艳阳天还是狂风暴雨。

邹市明，2008 年北京奥运会 48 公斤级拳击比赛冠军，2012 年伦敦奥运会男子拳击 49 公斤级冠军。2013 年转战职业赛场后，从最初拿下两条世界拳击组织特设金腰带，到2016 年成为国际拳王，再到同年 11 月拿下顶级的金腰带头衔世界拳王，他用一场场比赛逐步奠定了自己职业赛场上的地位。2018 年 2 月 7 日当选中国拳协执委，2 月 24 日，获得了世界拳击理事会（WBC）颁发的最高成就奖。

邹市明常说："人生如拳，拳如人生。站在拳台上，只有你、对手和裁判三个人，你不要指望裁判可以帮助你。如果你想赢，力量其实很多时候只是很小的一部分，拳击搏的是技术、战术、距离、精神、心理等。"

邹市明14岁开始练习武术，习武的原因是小时候被女孩欺负，额头都被女孩抓伤。那时候他喜欢成龙的电影，于是就开始练武术。16岁参加体校推广拳击的活动，结果被教练梁锋看中，从此改习拳击。18岁时，他进入国家队，因步伐轻盈，反应快速，成为公认的好苗子。2003年拳击世锦赛，邹市明获得了银牌，完成了中国拳击世锦赛奖牌零的突破。2004年雅典奥运会赢得了季军，实现中国奥运拳击奖牌零的突破。他成为一匹黑马，就这样成为世界瞩目的焦点。2005年，外国拳王开始将他的打法称为"海盗"。2007年，他们又开始管邹市明叫"狐狸"。

邹市明在比赛中，总是打一拳就跑，找到机会再马上进攻，采用这种迂回的打法，不仅可以避免自己和对手硬碰硬吃身材上的亏，又可以节省自己的体力，而且还能发挥自己武术功底的特长。他飘忽不定的跑位和拳法，打得对方有劲使不出，最后无奈地输掉比赛。

拳击是一项受伤风险很高的竞技运动，每一次比赛都是一场场拼下来的。他说："有两年特别害怕进到训练场馆里。你已经打不动了，然后被人五拳六拳打得瘫倒在那儿，累成狗的样子，最后结束比赛的时候只能瘫在上面。"邹市明曾因在比赛中的腰伤，只能趴着，只能坐十秒就又要趴着，根本坐不下去。练拳20余年，也是对身体的巨大消耗，他的身上伤痕累累，现在左眼视力仅为0.1，打着打着就有些看不清楚，只能跳出来再看，专注力就不够集中了。

2008 年以后，邹市明面临着继续留在国家队参加奥运会和去美国打职业联赛的选择，因为一旦转为职业赛，不允许再回来参加奥运会。如果去美国比赛会有高的收益，打三场比赛，就可以在好莱坞里贝弗利山庄的旁边买下一套房子。国家队教练向邹市明发出邀请，希望他能继续再打一届奥运会，国家队需要他留下来。那四年时光是他体力各方面最黄金的时期，他选择了留下来，在 2012 年打完奥运会卫冕冠军后，2013 年他选择了离开国家队开始自己的职业赛生涯。

邹市明今天的辉煌离不开他妻子为他做出的重大牺牲。2006 年邹市明和妻子冉莹颖相识，2011 年两人结婚。在邹市明转为职业拳手后，妻子就辞掉了工作，帮他打理各种经济事务。职业赛所有的开销都是运动员自己出的，邹市明除去训练，方方面面都是妻子在帮他照料。

在打职业赛中，邹市明也同样会面临很多不可预测的情况，也许在哪个角落里可能就有自己的对手。每个项目里面都会有一些脏的人，会趁着裁判看不到时使出很多小动作，邹市明就被人使过太多小动作。每一场职业比赛打下来也很艰难，记得我曾经看到邹市明获得一场胜利后，左眼睛肿得根本睁不开，拳击运动的确很残酷，有很高的受伤风险，但他从没有放弃过，依然继续征战。

2017 年邹市明在上海进行自己世界拳王的自由卫冕战，输掉了比赛，他拿起话筒时激动地说道："我的眼泪不是输了比赛才流的。我是因为看到你们来支持我们，我们中国拳击多年不被人理解。我已经拿了金腰带了，我已经拿了奥运冠军了，为什么我还要站在这个地方？就是因为我们好多拳击人，流了血，流了泪，拿到成绩没有被关注。"邹市明说自己打了这么多年拳击，自己的名字已经和拳击密不可分了，即使以后不能继续战斗在拳台上，他也会继续尽自己所能推动我们的拳击事业发展。

邹市明凭借自己的努力让他不仅在国际拳坛上占有了一席之地，同样也为中国拳击事业做出了巨大贡献。他希望中国拳击事业能够受到更多人的关注，能够有更多的人参与进来。邹市明说："两强相遇勇者胜，勇者相遇智者胜，智者相遇仁者胜。拳击并不意味着血腥和暴力，而是一项需要力量、魄力、胆识和仁义之心的运动。"

不要在意别人的目光，不要在意一条路是否有人走过，鲁迅曾说："世上本没有路，走的人多了也便成了路。"你可以走前人走过的路，当然你也可以自己创造一条新的路。现实世界慢慢在磨平我们的棱角，很多人开始惧怕这惧怕那，最后什么都没去做，只落得两手空空。邹市明在学拳击的那一刻，也不会想到几十年之后，他可以成为奥运冠军，可以成为金腰带拳王，这条路是靠最初的那份力量，一点点走通的，这期间虽然付出了太多艰辛，但是他知道这是他想走的路。我们每个人都应该找到自己身上最初那种力量，走到了自己不想走的时候，想想最初的那份力量，它会鼓舞着你继续走下去。

不苛求世界，不放纵自己

生命的辉煌时刻也许只是人生中很短暂的一刻，有的人总羡慕那些所谓的幸运儿可以一夜成名，但其实在这所谓的一夜成名之前，这个幸运儿却是经历了无数个黑暗的日子，走过了无比漫长和艰辛的路，只是你没有看到罢了。

李云迪，年轻的钢琴王子，也被称为钢琴诗人。2000年，他代表中国参加了"肖邦国际钢琴大赛"，一举摘取了空缺15年的肖邦钢琴大赛的金奖。这个比赛堪称音乐界的奥运会，它是被国际音乐界认可的、世界上规格最高的、演奏难度最大的比赛之一，评委们的挑剔与选拔之严格也表现在其宁缺毋滥的一面上，所以15年来一直空缺。20世纪50年代，傅聪曾获得过该大赛的第三名。李云迪是首位获得该大赛金奖的华人，更是比赛开办70多年来夺冠的最年轻的钢琴家。

李云迪出生在重庆的一个普通家庭，父亲李川，家里最具体、最现实的需求全部依赖他。母亲张小鲁年轻时学过芭蕾。母亲在怀孕的时候，就经常听一些古典乐曲，《梁祝》是她放得最多的一首。李云迪降生后，很快就显现出了对音乐的热爱。1 岁的时候，就能把《回娘家》唱得绘声绘色，而且还对乐器非常喜欢。

3 岁的时候，李云迪央求妈妈给自己买一个小手风琴，在 4 岁生日时，妈妈圆了他这个梦，给他买了一个手风琴，从此手风琴成了他珍惜的伙伴。5 岁的时候，李云迪参加了四川省少儿手风琴比赛，并获得了第一名。

不到 7 岁的李云迪已经换成了 120 贝司的大手风琴。重庆的天气太闷热，李云迪的前胸起了通红的痱子，李云迪哀求妈妈，希望可以换一个不重也不热的琴。父亲看着儿子也十分心疼，决定给他换钢琴，但是家里的条件又非常拮据，一架二手钢琴都需要 4000 多元，而李云迪父母的月收入加起来才只有 2000 多元。后来赶上李云迪的父亲转业，有笔转业费，于是就全投到了里面，终于给他买了架钢琴。

李云迪的天赋很快就显露出来，在重庆市少年宫刚刚学了三个月，老师就对他父母说："孩子领悟能力太强了，我已经不能当他老师了。"1991 年，李云迪投到了四川省音乐学院附中著名钢琴教育家但昭义的门下，但昭义老师成了李云迪生命中非常重要的贵人。

但教授家在成都，李云迪和妈妈每天往返于成都和重庆之间，李云迪要一边学琴一边学习功课，经常在火车上写作业，温习功课。但教授的指导，让李云迪的钢琴学习更是突飞猛进，1993 年他就获得了重庆市首届少儿钢琴比赛第一名。1994 年，获得了全国青少年钢琴比赛第一名，同时还以第一名的成绩考进了四川音乐学院附中。

1995 年，突如其来的一个消息难住了李云迪父母。但教授应邀到深圳艺术学校任教，李云迪是跟是留就成了一个大问题，最后父母决定，但教授去哪儿，李云迪就跟着去哪儿。于是李云迪的母亲就辞去了工作，专门陪李云迪到深圳读书。每天儿子练琴，张小鲁就在旁边听，五六个小时，她也都一直陪着，她对钢琴的领悟能力也很高，李云迪是否认真去弹，她一听便知。

有的时候，练习曲子时小孩子难免有想偷懒的心思，可李云迪稍一不用心，张小鲁就会严格教导他，会表现出冷漠，李云迪就明白了，于是一遍一遍地重新练，直到母亲脸上又露出笑容为止。父亲是坚实的大后方，他一个人担负起家庭的经济来源，一回到家，买菜、做饭、打扫卫生、洗衣服的活全包了，还经常会给儿子和妻子做点好吃的。

1995 年，李云迪在但昭义老师和母亲张小鲁的陪同下，参加了美国举办的斯特拉文斯基国际钢琴比赛，获得了少年组第三名。回国途中，深圳艺术学校校长李祖德热情接待了他们。李校长向但昭义老师发出了加盟邀请，他想让李云迪来他们学校，可以免去他全部学费和出国参赛费用，终于，原本经济压力巨大的一家人可以松一口气了。

2000 年 3 月，文化部决定派李云迪等三名选手代表中国，参加在波兰华沙举行的第十四届肖邦国际钢琴比赛。漫长而严酷的比赛持续了很多天，10 月 5 日至 22 日，比赛共进行了 4 轮，260 人报名，98 人获得参赛资格，第一轮只剩下 38 人，最后一轮决赛，只剩下 6 人。为了赶上大赛组委会安排的练琴时间，李云迪每天都要少吃一顿饭，睡眠不足，17天内，他就瘦了15斤，最终收获了金牌。李云迪在18岁的时候就这样成了年轻的钢琴家。

艺术是永无止境的，获得了金奖，成为年轻的艺术家也并没有让李云迪感到轻松，他更加努力地学习。他说："除了肖邦，我演奏作品的范围还相当小。"李云迪一直以波士顿交响乐团音乐总监詹姆斯·列文为榜样，一早起来就读谱，不参加任何社交活动，从不进行不必要的应酬，在演出舞台上立足，要博学，专注，经常思考，以小孩子的单纯心态对待钢琴演奏。

这个世界能轻易给你的一定是有限的，因为这些每个人都是均等的，如果你想要得更多，那就靠自己努力打拼来得到。不要苛求世界会给你什么，要自己想想怎样努力才能获得更多。天才是有的，但是没有后天的努力，也只能是昙花一现，走不长远。李云迪一直被老师称为音乐方面极为有天赋的孩子，但是更重要的是他一直坚持不懈地努力和追求，即使他已经成为年轻的钢琴家，他也依然没有丝毫松懈。

人生就是在不断学习的过程，所谓活到老学到老，因为社会总是在不停地转动，不停地变化，历史的车轮总是在不停地向前推进，很多新事物新知识，你只能不断地去吸收，了解，如果你还滞留在过去，那你必将被社会所淘汰。不要苛求这个世界给你多少，你应该不断地努力，不断向前，自己探寻。

让自己活得像一只欢快的兔子

我觉得每个人从一生下来，就好像对应着天上的一颗星星，每一颗星星都会闪烁出不同的光芒，但都有光芒，都会闪亮，都有自己的精彩。有人说，正能量的人自带光芒，因为他的光芒所闪出的能量会传递给别人，来补充别人的能量。

我有一个很有趣的朋友阿星，她就是那种自带光芒的人。她说她最怕的是到一个陌生的公司，认识很多朋友又很合得来。我说："这不是很好？认识那么多新朋友不是很好吗？"她说："不好，因为我又多了那么多好朋友，万一辞职走了，离开的时候我会很难过，我最怕的是离别。"我说："那你会刻意限制自己不要和她们聊天，不和她们成为好朋友吗？"她说："不会！哈哈哈！我还是要很多好朋友的。"她的一句话会逗得你笑好一会儿。

阿星给我讲她高中的奇遇记。高三的时候，她和同学们立下一个非常酷的冒险计划，她们要骑自行车去西藏！我兴致勃勃地听着，我说很酷啊！那你们实现得怎么样？她说："我们骑出了我们市后已经骑不动了，把自行车扔到了一边，最后决定还是坐火车去西藏靠谱，就这样坐了两天两夜的火车到了西藏。

"到了西藏之后，感觉一切都好美啊！我们身上的钱不是很多，于是就住在了青年旅社，就是上下铺的那种，一个屋子住了好多人。我和我的同学们在那里玩了几天之后，同学们决定要回家了，我想再多待一天，就自己留了下来，决定晚一天再回去。没想到同学们走的这一天，我的背包在宿舍被别人偷了，我身无分文。后来我去了当铺，把妈妈买给我的金首饰便宜当了，3000多元的首饰，只当了400多元。我坐着硬座回到了家。"她很兴奋地在说，我打断她，问她怎么这么惨？还被人偷了包，还当了首饰。她说："从那以后我再去旅馆住就不睡得那么死了，哈哈哈！"然后一笑了之了。

阿星胳膊上有一道明显的疤痕，我问她怎么弄的。她说这个和一条可爱的小狗有关。一次阿星和朋友们去乡下田间玩，她的外公家门口总有一只可爱的流浪狗，每次去外公家阿星总会把自己吃的食物留下一部分给这只可爱的流浪狗。一次她和朋友们去玩，可爱的流浪狗都已经认识阿星了，也跟在她后面一起。一辆拖拉机从阿星身边过去，距离很近，只有几厘米，稍不留心就容易被刮到。就在阿星拍拍自己，感叹好险好险的时候，流浪狗由于受惊突然蹿出，阿星忙抱住流浪狗，却使得自己的左胳膊严重擦伤，当时就流了很多血。

朋友们看到这一幕吓得都蒙了，手足无措，是阿星在前面走，几个朋友在后面跟着到了医院。在医院里，阿星自己跟医生说自己的受伤情况，几个朋友止不住地哭，直到医生给她打麻药，缝合伤口时，阿星的泪水才噼里啪啦地掉下来。

阿星说自己就见不得可怜的小动物，自己一个人在北京住的时候，她家楼下的地铁旁总会看到一只可怜的流浪狗，阿星每次走到地铁站都会给小狗带一些吃的。一天下雨，小狗被淋成了落汤狗，身上的毛贴在身上，冷得瑟瑟发抖。阿星此后每次到地铁站都会向地铁站的工作人员请求给小狗搭一个窝，说它实在太可怜了。工作人员一开始都没理她。三天后，阿星给小狗带来了一个临时的窝，交给了工作人员。后来再看到小狗时，它终于有家了，工作人员给小狗换上了新的窝。

阿星家从前还是挺富裕的，父母做生意赚了些钱就分给了几个孩子每人一笔钱，给阿星的钱是让她在北京买房子付首付的。阿星一直很热爱电影，自己也会写一些小说，她用这笔钱冒了一个险，和朋友合开了一个公司，投资了一个网络电影。一年之后，首付钱没了，电影没什么收益，赔了。我问阿星，这多可惜，会不会后悔自己做过的决定？阿星说："做过的事就从不后悔！既然做了就有它的意义，赚了，我就有钱继续投资新的了，赔了我就知道什么样的不能投了，避开雷区。"一个房子首付钱没了，阿星说得这么轻松，阿星的格言是："没了咱再赚！"

写小说是个苦差事，阿星第一部小说写了200多万字，每天要码七八千字，码了一年多才完成。她说自己也算是为自己的事业献身了，小说写完了，自己成功地瘦了20多斤。我说你这付出太多了！阿星笑笑："下一部小说，争取再瘦20多斤！"

在阿星的成长过程中，其实经历了一个又一个悲伤的故事，但是从她口中听到，你会觉得这件事不那么悲伤，反而搞笑的成分多一点。在她脸上从来看不到愁容惨淡四个字，而总是会写着五个大字——"这都不是事儿"，哦，这是六个大字！她其实才刚刚过完25岁生日，是不是听她的经历你都误认为她要三十多了呢？张爱玲说："出名要趁早。"在她身上却印证了另外五个字"经历要趁早"，阿星说："我经历过的那些都是小挫折啦，再遇到什么都不在乎了。想想首付，想想被拖拉机撞，人生还有什么乌云能遮住我？"

阿星总是有使不完的能量可以释放，她每天总是像一只欢快的兔子，可以跳来跳去，不知疲倦。每个人最重要的或许就是生命的活力吧，有了生命的活力，你就会像一只跳脱的精灵，永远不知疲惫地飞向你想要的那片天空，我想你很快就会到达的!

周冬雨曾经说过:"我的性感和别人不一样,我的性感是性格上的性感。"她凭借着独特的风格,在演艺事业上占有了属于自己的一席之地。每个人都有属于自己的那道独特的光芒,阿星不算是第一眼美女的类型,但你和她接触一段时间后,就会很自然地成为她的朋友,她总是有着独特的光芒。她总是那么真实,想哭就哭,想笑就笑,毫不掩饰,她不在乎面前是不是男生,她只做自己,从不在意别人的目光,只做自己喜欢的事。她会替自己的朋友出头,像个大姐大一样,管他外面是谁,她都不会怕,她就是这样的阿星,给人温暖,给人快乐。

你要光芒万丈,做自己的太阳!生命的巨大能量就来自那一团心中永远燃烧的小火焰,永远给自己源源不断地补充光和热,那样的你始终会是熠熠发光的,爆发你的小宇宙吧!

无论何时，都不要失去自我

记得上学的时候，经常会读一个作家的书，就是张小娴的散文集，她的散文总是那么细腻动人，给了我们很多美好的想象，就如一泓泓清泉清凉惬意，又让你有了一种恍然大悟的感觉，从那时起，我迷上了散文。

"这世上大部分的女人也不会遇到王子或者嫁给王子，然而，无论你出身如何，无论你遭遇什么，又经历过多少伤心失意的时刻，不要放弃成为一个更优秀的自己，那么你就是自己的公主和公爵夫人。世间最美的是两情相悦，让那些不相干的人妒忌去吧，自己幸福就好。你幸福，因为你努力。"这是在张小娴的微博上看到的一段话。

当现代都市生活中，婚姻不再是女人唯一的人生归宿，当爱情和许许多多物质财富，尤其是房子联系到一起时，面对这样的问题，很多人会变得很困扰。张小娴告诉每个女生，青春时为什么要做一个房奴，然后下半辈子都在付贷款？应该多一点梦想，多一点理想，要勇敢地去尝试不同的东西。

张小娴说："女人到底要什么呢？女人要很多很多的爱，很多很多的安全感，如果你向别人去求，还是会失望的。我们现在看历史上留下来的人不是富翁，而是在艺术上，在其他领域上表现优秀的人。还有爱，如果你不懂得去爱自己，怎么要求别人呢？女人所需要的爱和安全感并不是非得靠男人来给予的，而是可以通过女人们自己的努力来创造和收获的。"

张小娴说现代女性有着与男性同样独立思考个体生命价值的愿望和能力，她们不再像张爱玲笔下的女性那样依赖男人和婚姻生存了。她的小说反映了新时代女性的情爱观，也在一定程度上影响了 20 世纪 90 年代女性的情爱观，带给都市女性读者新的启示。

这个很早就经济独立的女作家张小娴，在高中毕业时就已经在 TVB 担任编剧了。她一直对爱情有些悲观情怀。她的父亲非常感性，在她 19 岁初恋的时候，她认为自己的初恋是个错误，父亲却告诉她："天下没有不散的筵席。"在父亲的话中，以及她经历了一段自己认为错误的感情后，她要让自己早早地经济独立，让她可以寻找更纯粹的真爱，同时拥有更广阔的写作空间。21 岁的她已经有独自买房付首付的资本了，不再需要为了任何现实条件而去选择爱情了。

张小娴认为自己从来就不是爱情导师，真正的导师是爱情本身，只有你自己去经历过、感受过、体验过、思考过，才会明白自己适合什么样的人，最需要的爱情是什么样子，这一切都明了后，才会对爱情真的理解了。她希望每个女生都独立起来，有自己的生活，有自己的追求。每个人都渴望得到爱情和安全感，但是我们应该明白，这种爱和安全感，并不来自别人，而是我们自己创造的。

不要想着去依附任何人来实现你的愿望，来实现你的人生目标，没有人有义务为你无条件奉献，也没有人会永远地为你奉献。现代社会中，男女关系平等，女生如果想变得优秀，想有所成就，想追求自己的梦想，那你就要和男生一样去拼，去自己创造。天上没有掉馅饼的事，任何一个人的成功也好，取得成就也好，都是在一年年一天天一分分一秒秒中争取来的。

我有两个朋友允允和瑛瑛，两人是大学同学。允允家里条件不是很好，瑛瑛家条件稍好一点。允允和瑛瑛一同找工作，去了同一家公司。允允主动要求做一个清闲点的工作，瑛瑛则要求能让她做一个具有挑战性的工作。一年过去后，允允交了男朋友，瑛瑛还是单身贵族。允允和瑛瑛说自己要去结婚啦，男朋友家有一套房，可以不用再买房了，瑛瑛说你这结婚是不是有点早，刚毕业，要不要再考察考察。

允允高高兴兴地去结婚了，辞掉了工作，瑛瑛却在拼命努力地工作。允允成了家庭主妇，瑛瑛成了工作狂人。允允劝瑛瑛快结婚吧，安定下来，女人要有家庭。瑛瑛劝允允，别结了婚就放弃了事业，女人也要有事业。五年后，允允离婚了，重新出来找工作，瑛瑛终于自己付了房子的首付，有了男朋友。

允允向瑛瑛哭诉自己离婚的原因，婆婆总是在家里阴阳怪气地说允允，说当初还不是因为她家的一套房才和自己儿子好的。整天待在家里，只知道靠老公养着。她也上大学了，也读完书了，为什么不能自己出去找份工作做，却只靠老公的收入养全家？允允辩驳说自己当初是因为要在家照顾孩子，所以才选择了牺牲事业。婆婆说那么多女的她也没看谁生完孩子就不出去工作的了。允允的老公站在一旁没有参与两个女人的战争。允允觉得自己非常委屈，一气之下和老公离了婚。离婚了才知道，原来房产证上根本没有她的名字，是当初婆婆留了一手，怕她跟自己儿子分割财产。允允坚持孩子归自己，她要独自带着孩子。

瑛瑛劝允允，现在出来拼还不晚，只要你现在想拼事业了就来得及。你自己的经济独立谁也拿不走，这是你永久的资产和安全感。

对于女人，不管到了什么阶段、什么年龄，都不要失去自我。不仅在经济上要学会独立，在精神上也要充实自己。无论何时，都不能失去追求的动力和进取的意识。一个女人要有赚钱的能力，有强大的自信心，这样才会让同性羡慕，异性欣赏。不要总是心存侥幸，认为可以依赖于别人少奋斗，少吃苦，你能依赖的只有自己。每个人的成长都是要吃一些苦头的，谁成长都不易，你也只能自己去品味酸甜苦辣。

即使路再远，也不忘本心

在世界上，戏剧的兴起，中国不是最早的，但以戏剧完整形式保留至今，经历 600 余年，传演不衰的，就只有昆曲了。流传之久、作家之众、作品之多，曲词、歌舞、舞台美术，乃至脸谱、服装、场面保存完备，昆曲都堪称世界之最。2001 年，昆曲首批入选联合国非物质文化遗产名录，这对昆曲的文化传承有着重大的作用。

苏州特有的吴侬软语，一颦一笑，一走一停，都带给人高雅的艺术享受。昆曲曲词典雅、行腔婉转、表演细腻，被称为"百戏之祖"。然而就是这样焕发着迷人艺术魅力的传统戏曲，如果不能继续活在舞台上，就只能算一种戏剧的"化石"了。

记得我第一次去苏州的时候，虽然时间很短暂，只是停留一下午的时间，但我觉得来到苏州，一定要去听一下昆曲，不然会觉得是自己最大的遗憾。刚到苏州，我在网上寻找昆曲馆，走了很远的路，在比较偏僻的地方终于找到了一个昆曲馆，我开心地快步向昆曲馆跑去，却从工作人员口中得知，现在的昆曲观看人数不多，只演几场，我已经错过了时间，带着沮丧的心情，我又开始继续寻找。

我打了一辆出租车，和司机攀谈，我询问他是否知道苏州有哪家昆曲馆晚上也开放，有演出的。司机摇摇头，很不屑地说："昆曲？不知道。那东西都是老年人听的，年轻人谁听那个，流行歌曲还听不过来呢！"我由于心里非常急，时间很紧，就脱口而出："我想听啊！"司机说："花那个钱干吗？还不如在家听点儿流行歌曲呢，现在谁还听那个？那都是老古董了。"我有些无语，又有些无奈，一个传承了几百年的经典戏曲曲种，竟然就这样被人遗忘了，不但遗忘，还有些轻视和排斥。

后来，通过许多人打听，又加上在网上的不断寻找，我终于圆了自己的一个梦，去一个夜间开放的昆曲馆听了一场昆曲，唯美的唱词、婉转的曲调、至纯至美的爱情故事《牡丹亭》深深地印在了我的脑海里。昆曲结束9点多的时候，从昆曲馆出来，看着眼前静静流淌的小河，优雅古朴的周边环境，有一种如梦如幻的感觉，恍若隔世。

"十几亿中国人，从事昆曲工作的只有几百人。"昆曲第五代继承人蒋珂痛惜地说道。她一直希望昆曲可以在自己这一代继承下去，被更多的人所熟知和喜爱。

　　蒋珂是个标准的 90 后，出生于 1992 年。他们班级一共20 人，是从全国 8000 人中选拔出来的。蒋珂目前已从事昆曲工作 13 年了，她说自己和昆曲的缘分还真是奇妙。2004年，国家选拔昆曲演员的时候找到了她，这一次，她没有去学昆曲。2005 年，又一次国家选拔昆曲演员，当选到她的时候，有人让她站起来一下，她这一站，就决定进昆曲的队里了。两次面对同样的机会，注定了昆曲和她有着极大缘分，她决定去学习这一行。

　　13 年的学习是非常艰苦的，虽然离家不远，但是也没有办法回家过中秋节。她们每个人只能手上拿着一块月饼，算过节，很多小孩儿刚开始学，想家时就止不住流眼泪。

　　学昆曲的第二年，蒋珂的昆曲学习并不理想，老师委婉地向她说，要是觉得苦，可以离开。蒋珂听到老师这么说之后，她的心里起伏波动特别大，眼泪在眼眶打转。蒋珂是一个很好强的人，倒不是想为自己争取什么，只是觉得父母是对他有期望的，如果这么走了，可能就违背了父母最初的愿望。就在那一刻，蒋珂非常好强，她劝自己什么行业都可能会遇到困难，如果命运让我留下来，那么我会选择留下来。她每日更加勤学苦练，了解人物唱词，一段唱背不下来，就死背，腿压不下去，就只能多压、多踢，最终，量变导致质变，她获得了老师的肯定，并且越学越好。

蒋珂所在的学校是上海戏剧学院昆曲班，是国家定向培养的，她师承王英姿、华文漪、张洵澎等著名昆剧表演艺术家。她的同学一共有 60 人，毕业后，10 人转行做了别的工作。蒋珂也曾想过转行做主持人，但她觉得自己肩负着昆曲复兴的伟大使命，她不能就这样离开昆曲。父母也很支持女儿的想法，他们知道女儿留下来，是因为深爱着这个行业。蒋珂说："我早已把昆曲看成家人了，就像你跟你的父母天天生活在一起，你是离不开它的，骨子里是相连的。整个昆五班留在单位里的还有 40 个左右，这样一批人踏踏实实地守在那里，守着他们的一片天和地。"

如今，昆曲迎上了好的时代，国家在这个年代更加推行了，但同样也是这个年代，昆曲所面临的困难和疑惑越来越多。作为昆曲演员，很多人会好奇，也有很多人不愿意相信，会觉得和他们的生活格格不入。为了迎合观众，其他剧种都在排一些现代的东西，蒋珂希望昆曲不要有这一天，作为昆曲演员虽然孤独，没有那么多观众了解，但是她们愿意坚持继续演下去，她特别希望昆曲可以在自己这一代让更多人看到。

任何时候，每个人都不应忘记本心，知道自己是谁，从哪里来，想去哪里，这样自己该如何走这条路才会清晰。因为知足，所以快乐，做人是否快乐，取决于自己的内心，而不是欲望，不是虚荣，内心的满足，才会使你真正快乐。路途再远也不要忘记来时的方向，来时的路，这样你才知道该往何处去。

　　蒋珂作为昆曲第五代继承人，她知道自己的使命就是将昆曲继续传承下去，希望可以让更多人熟知，可以将其发扬光大，为此她付出再多努力都心甘情愿。我们每个人都应该找到一件事，是你心甘情愿去做的，一个梦想，是听从你本心最希望实现的，这样前方的路才足够坚定，即使再远也会坚持，不会迷茫。

抛弃你的侥幸，人生没有偶然

　　2017 年 5 月 21 日，国际乒联在德国世乒赛开幕前夕，在官方公开了一则张继科训练的视频，并附上简介："有见过比这更快速度的球吗？"此视频一出，在国际上引起了巨大反响，日媒介绍，中国队的训练场景真是令人大开眼界，教练发出的球速度太快了，眼睛根本无法跟得上球速，根据统计，13 秒 28 的记球时间里，约平均每秒两球，左右上下，回了一球第二球已经追到身边。张继科反应非常灵敏，应对各种球游刃有余。日本网友说，比看杂技还惊险，如同看科幻片一样不真实。

正是这样的魔鬼式训练成就了张继科，成就了445天最快大满贯的他。撕衣、踢挡板，人称霸气藏獒；写诗、唱歌、做饭，张继科既有颜值又有个性。在被称为乒乓王国的中国一直都不缺少乒乓球运动员，层层选拔的过程也是极为残酷的，张继科说国家队只有三个人能够参加比赛，竞争的激烈程度可想而知。

张继科的父亲张传铭是青岛第二体育场的少儿乒乓球教练，也是张继科职业生涯的启蒙教练。张继科刚出生时，哭声特别大，父亲就说这证明孩子的肺活量好，适合搞体育。张继科小时候还没完全学会走路，就开始跑，母亲说儿子从来不一步步往前蹭，什么都抢在前面，摔倒了，父母也不扶他，而是让他自己爬起来。

在张继科四岁的时候，父亲开始让他学足球，后来看到儿子在乒乓球上有一定天赋，就让他改学乒乓球了，那时候的张继科个子很小，够不到球桌，父亲就给他支一个台子，让他站在上面打，球拍还没拿稳，张继科就已经开始自己的职业生涯了。

张继科开始学乒乓球后，父母总吵架，矛盾点就是父亲在张继科练不好球的时候，就用"武力"解决。张继科从小个性就特别要强，他认准的事谁都拦不住，年龄小时父亲吓唬他两下子还听，后来越来越有主意，根本不容商量。八九岁的时候，父亲问他偶像是谁，他说没有偶像，要让别人拿自己当偶像。

张继科的父亲对儿子的教育是出了名地"凶"，其实不是不心疼儿子，他父亲说张继科真的没有童年，除了完不成训练计划外，他没有为别的事挨过打。张继科每天在学校练完球后，父母还要亲自给他加练。有时候张继科累得吃着饭就在饭桌上睡着了。

父亲对张继科的训练方式是多球训练，训练强度非常大，张继科的"法定假期"是每年大年初一休息一天，其他时候都要和父亲一起练球。训练课练得不好，就跟在父亲的自行车后面跑步回家，路程有两公里。张继科小的时候特别怕父亲，都不敢跟父亲说话，他有什么事想问爸爸，都不敢直接去问，而是让母亲转达给父亲。

张继科11岁的时候，父亲意识到这一年对于张继科来说非常关键，这意味着他是否能够进入专业队，自己已经和儿子保证过，一定会把他送进专业队。那时，在国企上班的父亲就申请了停薪留职。他想要自己开一个乒乓球学校，他一个人担任校长、会计、教练、大厨、宿管和后勤，干得非常辛苦，就是想赚钱供张继科去参加比赛。张继科参加比赛需要很多的路费和食宿费，他要给儿子攒下很多打比赛时需要的钱。

张继科完成了父亲给他规定的所有目标，成功进入了国家队，父亲非常开心。可是没想到张继科又被国家队退回了省队，父亲的头发急白了，晚上只能靠喝酒才能睡得着。那时的张继科也有了想放弃的想法，他给父亲发短信："爸，我不打了。"因为当时的教练当着所有队员的面骂了张继科，让他觉得很没面子。父亲安慰儿子说："你爸爸当教练那么多年，我知道教练是怎么想的，骂你是看你还有希望。"父亲就这样帮助张继科解开了心结。

　　后来张继科终于重返国家队。2011年第51届鹿特丹世乒赛，张继科夺得男单冠军，激动的他将自己的球衣撕成了两半。2011年巴黎世界杯他再次夺得单打冠军，成为继佩尔森、孔令辉之后第三个同一年包揽世乒赛和世界杯冠军的人。2012年伦敦奥运会乒乓球男单决赛时，张继科以4：1战胜王皓夺冠，他实现了世锦赛、世界杯、奥运会三项冠军的大满贯，成为继刘国梁和孔令辉之后第三位大满贯选手。

　　获得骄人战绩，从来都不是一夜成名，在这之前要付出十年甚至几十年的辛勤汗水，体育竞技更是这样，每一天都有新的黑马诞生，每一天都有新的纪录产生，没有永远的常胜将军，只能永远不断地挑战自我，挑战极限。张继科的每一次成功都是靠自己的坚持不懈拼来的，无数的汗水换来的，他的腰伤很严重，他说左边天生裂，右边是练裂了。2004年，当记者问到张继科："爸爸总是揍你，对你那么严格，你都没什么童年，你怨不怨爸爸？"张继科正在封闭训练，听到后立刻摇头："没有爸爸教我打球，我怎么能去世界各地那么多国家？"每当父亲想起儿子的回答，总会红了眼眶。

培养一个世界冠军要承受多少艰辛，成为一个奥运冠军要付出多少努力，张继科和父亲心里是最清楚的。别人只看到了张继科在赛场上接连获得胜利，只看到了那一幕幕辉煌的时刻，却不知他常年无休止地刻苦训练，以及父亲和母亲在背后给他的巨大力量。

想要获取成功，人生没有侥幸的机会，存在侥幸心理，只会害了你自己，觉得自己偷偷懒儿，没人发现的，其实浪费的是自己的时间。人生没有偶然，无论你身处在哪里，身处什么样的位置，你都应该踏踏实实地努力。最笨拙的方法，看似傻傻地坚持，往往才会最快到达成功的顶峰。

认清环境，告别盲目的自己

你会选择怎样的生活？这是每个人都常常会遇到的问题，环游世界是一种生活，柴米油盐也是一种生活，没有哪一种生活更高贵，只有哪一种生活能让你感到满足和快乐。

我的两个朋友小齐和小染，是我们同在一个公司的时候认识的。小齐和小染的工作都是编辑，小齐刚毕业，小染工作有五年了。两人都是因为大学在北京读的，所以留在北京工作了。小齐来到第一个公司做编辑，冲劲儿很强，喜欢挑战，而且是个直爽的女孩儿，有什么说什么，毫不掩饰，但抗压性弱，有点问题她就会十分慌张。小染是那种很温和的性格，抗压性极强，领导交给她什么样的任务，她都没有怨言，只是乖乖地做事。

小齐工作半年后离开公司，原因是和直接领导因为工作的事情吵了一架，我问她为什么，怎么还和领导吵起来了？她说老子不想伺候了，这破公司老子不干了！她用话攻击我！告别的时候，小齐一脸沮丧，气得大哭，看来她是受了不少委屈。

　　小染和我一起送小齐走出办公楼，小染在回来的路上和我说，现在的小齐就是以前的她，她很理解。我吃惊地问："你以前也和领导吵过架？"她说："岂止吵过，整个办公室都知道。我当天也像小齐一样，把离职申请往领导桌上一拍，然后潇洒地走人了。"我问她那时有没有后悔。她说："那时不知道什么叫后悔，反正就是大不了不干了，老子不怕，此处不留爷，自有留爷处！"

　　我才知道身边这位一直是别人说什么听什么，从不反抗的便利贴女孩儿，曾经也有这样的一面。我问她那为何如今变了呢？她说："因为有了家，有了孩子，怕了。"我听后不由得鼻子一酸。我问她："那你再换工作也不难啊？五年经验了，还做得那么好。"她说："总要坚持一下的，觉得这里没有我可以吸取的东西时再走也不迟，而且我还有个 3 岁的孩子，为了她，我也要坚持一下。"

　　小染说："工作是给自己的，学不学得到也是自己的，时间浪不浪费也是自己的。在哪里都一样，如果没有学到新知识，那就是浪费，如果有新的收获，那就不算浪费。"

　　有些人就喜欢不断地寻找新鲜的生活，因此，她总会有对现状不满的想法，她想改变。有些人喜欢稳定，工作在哪儿不重要，工作内容不重要，稳定就好，具体做什么不关心，能让我每个月安心有钱赚，有平凡的日子可以过就很好了。

　　我给小齐打电话，问她的近况，小齐说自己打算去深圳闯一闯，她有个朋友在那边一个创业公司，有很有趣的新项目，她想去那里寻找些机会，要去试一试。我和小染都惊叹于她的速度，刚辞职一个月就转战到另一座城市了。她眼睛里看不到疲惫，精神头十足。

　　我问小染："对这里的工作满意吗？"小染说："不是很满意，但是能坚持，这里可以保证我稳定的收入。我的愿望没有小齐那么伟大，我只想做一些自己做得来，而且做得熟的事就好，我很容易在一个环境里过得安逸了，就不想离开了。"我问她："那你最大的愿望是什么？"小染说："我好想未来五年内买上房子，不用再挤在出租屋里。我想让我女儿在小学的时候，有一个大大的家可以住。女儿总是嚷嚷着，妈妈，我要大房子，大大的。"瞬间觉得母爱好伟大，她没有自己的梦想吗？肯定有，但是为了女儿，她会觉得现在挺好。

　　一天小齐打电话给我："深圳好像没有北京好玩儿，还是在北京比较好，等着我晚上回去找你们约。"我和小染刚走进餐厅，就看到小齐挥手，三个人见面后，小齐给了我们一个大大的拥抱，小齐说："庆祝我重回北京吧。"小染说："你深圳的工作呢？"小齐说："辞了，那个创业公司项目很好，但是总是融不到资金，也快支撑不下去了，我就先撤回来了。"我问小齐，怎么这一次脸上没有愁容了，她说这次不一样，上次那是被迫离开，这一次是我看形势不好，为避免损失，选择合适的机会逃开。

创业型的一定不好吗？如果是前景广阔的，那也许你就是未来的公司持股者；上市型的一定好吗？上不上市其实和你的工资没有多大关系，你的工资还是取决于你所创造的价值。

如今三年过去了，小齐也已经有了三年的工作经验了，小染更是属于经验丰富的老员工了。我已经离开了之前的那家公司，小齐和朋友搞起了新的公司，到现在已经成立了一年多，效益还不错。我问小齐，想想在第一家公司和领导吵架，现在怎么看？她说，吵架这个事儿是有点儿冲动了，那么一点问题没必要搞成那样。不过那个公司也确实不适合她，她早晚都会走，但是确实走得早了一点。小染呢，依然在那里坚持着，后来成为经理，现在是总监了，她的买房愿望也实现了。

这总是一个无解的问题，到底要不要跳槽？小齐的性格，使她更适合去创业；小染的性格，使她更适合在公司长期发展。一个是耐不住安逸，总想挑战自我；一个是耐得住安逸，一心只想稳定。我想，这取决于每个人的追求吧！

无论你处在什么样的环境当中，首先不要盲目，不要冲动，要想清楚自己需要什么，然后怎么做。你迈出的每一步，检验是否正确的标准，是自己在其中是否有所收益，不要在冲动中随机做出决定，盲目是很可怕的。我们每个人都应该做好自己的职业规划，几年内有什么目标，怎样去实现；几十年有什么目标，怎样去实现，而不是头脑一热，最终发现自己大错特错。

HOLD 住你的情绪

"一个时代，能刮一阵风就够了。"刘翔，2004年雅典奥运会上以12.91秒的成绩追平了由英国选手科林·杰克逊创造的世界纪录，夺得冠军。2006年7月，在国际田联超级大奖赛上，刘翔又以12秒88的成绩打破了沉睡13年之久的男子110米栏世界纪录，并夺得金牌。刘翔创造了黄种人登上奥运会短跑项目冠军领奖台的新历史，创造了新的世界纪录，他被称为"亚洲飞人"，那时的刘翔无疑成为全世界关注的焦点，他创造了不可想象的奇迹。每个名人成名之前，都付出过常人无法想象的艰辛，刘翔也是。

小的时候，刘翔非常调皮，特别贪吃，从来不正经走路，每次上街，刘翔就像一匹脱缰的马，跳来跳去，父母曾一度怀疑，这个孩子是不是有多动症？

刘翔二年级的时候转学，老师刚看到他时，觉得这孩子挺乖的，还很喜欢。不到一周，老师就受不了了，说这孩子太顽皮了！刘翔被选中参加学校运动会，父母也赞成，想让刘翔在体育训练中得到一些纪律约束，就这样无心插柳柳成荫，刘翔迈向了运动生涯的第一步。

后来刘翔进入了体校，他是寝室里年纪最小的，高年级的同学经常差使他洗碗、洗衣服、买东西，他的成绩进步很快，又不怎么和别人一起疯，大家就把矛头指向了他。一次，父亲开车送他去体校，见他闷闷不乐，问他是不是不想去了。刘翔看着爸爸，问道："可以放弃吗？"没想到刘翔很快就被转到了宜川中学，父母说："刘翔成才固然重要，但成人是前提。孩子继续在被压抑的环境中忍下去，会给他的心理留下阴影。不如换换环境，让他缓一缓，去读普通中学。"这时的刘翔十五六岁。

孙海平教练听上海的居民说刘翔练田径跑得很快，他注意到了刘翔，当他去找刘翔的时候，刘翔却已经退出了体校，孙海平教练就到刘翔家里做工作，再三要求刘翔一定要去参加正规的训练，终于打动了刘妈妈和刘爸爸，他们决定让儿子跟着孙海平教练练习田径。

在刘翔的心中，孙海平教练是他的半个父亲，不仅用非常高效的方法培养他，更重要的是还教会了他如何做人。

孙海平教练患有严重的鼻窦炎，已经开了几次刀，发作时头痛得厉害。一次他又发病了，大家劝他休息，他说刘翔正在节骨眼上，不能休息呀。他把整个家庭都奉献给了田径事业。孙海平的女儿还曾向爸爸发过牢骚，说爸爸有了刘翔这个"儿子"，都不要自己这个女儿了。

刻苦的训练，才使得刘翔拥有了日后辉煌的成绩。他有时候一个月也不回家一次，甚至春节的时候都没时间回家，一直在训练。一次又一次的起跑训练，一次又一次的康复训练，无数次的力量训练。2005年，由于经常光脚穿跑鞋进行训练，他的右脚磨出了水疱。水疱被挑破后，和跑鞋发生摩擦，长出了老茧。老茧逐渐深入到肌肉中，进而导致跟腱出现不适，这为他后来运动会跟腱断裂埋下了隐患。

2008年北京奥运会，很多观众为了看到刘翔在鸟巢的110米栏比赛，将黄牛票炒到了几十倍，只为一睹赛场上飞人的风采。可没想到，刘翔最终因伤退赛，没有办法继续参加比赛。刘翔退赛后，很多观众也纷纷离场，事后，刘翔成为人们攻击的对象，许多人纷纷指责刘翔。

网上众人的质疑，让刘翔回想起这件事情也很落寞，身边的朋友也有人问他，你还行不行，不行就退了吧？刘翔说回想起这件事，当时没人替他说话，所有人都在质疑他，那个时候真的知道了什么叫世态炎凉。

2012年伦敦奥运会，刘翔在攻第一个跨栏时摔倒在地，最终单腿跳过终点无缘晋级，后来刘翔说："当时其实是想把四年前欠观众的给补回来，当时跟腱确实是断裂了，但是不明真相的观众还是说自己是故意的，所以感到很心酸。"

刘翔在12年职业运动生涯中，48场比赛，36金6银3铜，这样的夺牌奇迹在世界上也是极为罕见的。但人们往往只盯住他那几次失败的比赛。刘翔身上的号码是1356，意思是13亿人，56个民族，国人的希望都在他身上，压力实在太大了。

北京奥运会已经十年过去了，刘翔再回顾那一段时，眼圈还是红红的，背负着那么大的压力，也只有他自己能够体会。一个中国田径运动员，不仅为中国人创造了奇迹，甚至为亚洲改写了历史，前无古人，他应该是我们心中永远的冠军。

现在刘翔的心态已经放松了很多，曾经经历了那么多，也辉煌过，也遗憾过，他说："一切后悔的事情，都是你这辈子要做的事情。现在我就做自己，而不是谁的英雄。"如今退役后的刘翔，正在积极地做着公益事业。

起起落落对于运动员来说是最艰难的，似乎也是每个人的宿命，人生就是这样，没有永远的上升也没有永远的下降，在这起起落落中，才会更磨炼人的意志。要能够适应各种突发状况，随时调节好自己，把自己调整到最好的状态，获得最大的成长。

成长，需要经历风浪。在平淡的日子里，没有任何挑战，不需要任何努力，每天都是一样过，没有新的变化，人便不会成长，如果一辈子都是这样的状态，那就是碌碌无为的一生。我们每个人都不希望自己成为那个碌碌无为的人，既然如此，那就从现在开始，无论何时何地，HOLD 住你的情绪。

在喧嚣的世界里，保持纯真

"四岁云贵马的背上，现在出发也许不算太晚吧，我要去寻找幸福的草原，寻找那深藏在山林中的从不止息的涌泉。金色的马鞍搭在五岁枣骝马的背上，此刻启程应该还来得及吧，我要寻找知心的友人，寻找那漂泊在尘世间的永不失望的灵魂。"这段文字选自席慕蓉的《金色的马鞍》。

在席慕蓉的诗歌中有着对内蒙古草原原乡的无限眷恋，那个她梦里常去的地方，是那么美好。在父亲的教育里，一生都为成为蒙古人而无比骄傲，席慕蓉也很想努力做一个蒙古人。1989 年，她从宝岛台湾回到草原，又何尝不是对童年、对天性，对探寻自然与美好一面的延续呢？

小的时候外婆鼓励她，说一句蒙古语，就给她一个花生米。五岁前，她能说一口流利的蒙古语，还能唱好多蒙古族歌。外婆是高贵又善骑射的公主，在她潜意识里，对外婆有一种崇拜之情，这种崇拜促成了她身份的自我认同，她将自己的经历与那片广阔的草原和那条哺育父辈的希喇穆伦河紧紧联系起来，仿佛那里就是她生命的天堂，所有的美都汇聚于此。

后来背井离乡，她只能跟别人说普通话，渐渐地，蒙古语都不会说了。席慕蓉说自己小的时候来不及给自己找一个故乡，在每一个地方都只待一段时间。每到一处，自己都是异乡客，刚刚熟悉了周围环境，却又成了一个转学生，一个永久的转学生。她的内心无比孤独，这种孤独更加重了她的失乡之痛，也增添了对原乡的思念。

离乱的年代，席慕蓉和父母逃难到香港，后来又逃难到台湾。逃难中的那种慌张在席慕蓉的心里留下了阴影，只是当时还小，在表面上她还没有表现出来，但总是作为插班生，对生性单纯、敏感、内向、孤独的她逐渐造成了性格上的偏差，她没有和谁诉说，只是心里默默地感觉被伤害。

一次又一次的逃难，席慕蓉至今回想起来仍心有余悸。她记得一次开始逃难，母亲给每一个孩子用黑布做棉人衣，每个孩子给戴个金戒指，每个大衣里写上孩子的名字。当时太小还不明白是怎么回事，几个孩子还在比谁的戒指粗谁的戒指细。后来慢慢回忆这些往事，席慕蓉分析其实父母是想，如果战乱时几个孩子丢了，希望捡到孩子的人可以看在戒指的分上收留他们，或者说不收留，送给什么机构，也请知道孩子的名字，可是那时还小，父母都没有告诉。母亲走到哪里都喜欢带一副蕾丝窗帘，是想可以留下点从前家的样子，父亲也总是买都是折叠的东西，到台湾后突然有一天家具都换了，才知道回不去了，只能在台湾定居了。

初中语文课的老师一直很喜欢席慕蓉，还给她看了课外书《古诗十九首》。当席慕蓉翻开书看到第一首就十分感动，那些描写战争时的离乱和自己的经历十分相像，非常简单的字，可是那种离乱、颠沛流离都让她感觉很熟悉，从那时起，她开始试着慢慢写诗了。

14 岁起，席慕蓉致力于绘画，她很喜欢去野外写生，喜欢亲近大自然，写生时见到河边好看的石头，儿时看到的鸢尾花，都能让她欢喜到念念不忘，她一直很希望探寻大自然的一切美好。青年时，她去了比利时留学，走的时候母亲让她把舍不得的东西放在自己的小箱子里。她把自己写诗的小本子，毕业纪念册上老师写的话，小石头都留着。六年后，她回来，一切都保存完好。她才意识到，妈妈年轻的时候也有很多舍不得的东西，但是在那样的战争年代，她没有留下她的少年时代。她的妈妈非常有智慧，非常理性，家里都是她在支撑。

39 岁的时候，席慕蓉开始写诗，在 20 世纪 80 年代，她的诗歌和散文在大陆流行开来，已经超过了爱情和武侠小说，造成了文坛上的轰动和震撼。母亲对她少女习作的保护，老师为她指引的文学方向，使她找到了合适的土壤。席慕蓉的先生心胸也非常开阔，无论是她在家中画油画、素描还是写诗，先生都非常支持，给她足够的空间。

孩子上小学的时候，席慕蓉和孩子逛儿童读物店，在儿童读物中她看到了一首唐朝韦应物的《胡马》，第一次读眼泪就掉下来了。女儿很不解，很生气地说妈妈看个童书都哭成这样。儿子则把书拿了过来，买下了这一本。女儿回家就跟爸爸告状，说妈妈太丢脸了，在家里哭还行，现在居然跑到儿童书店哭。后来女儿在美国学音乐，听到了图瓦合唱团的合唱，她也当场听哭了，她理解了妈妈当年为什么哭了，然后让妈妈带她去内蒙古。儿子也是在看了席慕蓉写的《金色的马鞍》后，渐渐理解了妈妈为何对故土如此眷恋。

1989 年，席慕蓉第一次踏上了内蒙古草原，回到了她梦中一直寻找的原乡，那种对原乡的所有的依恋和无限向往之情全部涌入脑海。40 多年后，她终于可以重回这片土地，回到她心心惦念的草原，虽然她已经不会说蒙古语了，但是对这里那份深深的依恋始终深藏在她的心底，她终于如愿了！

席慕蓉说："我有很多家乡，香港是我童年的家乡，台湾是我成长的家乡。但是到了内蒙古我才知道，我没有生长在一块属于自己的土地上，我是插枝存活的人。从前原乡对我来讲非常模糊，但是我踏到原乡的土地以后，藏在我身体里面的那个火种就把我整个燃烧起来了。幸运的是我在 46 岁的时候找到了自己的原乡。"

几十年的时光，虽然历经战乱的颠沛流离，虽然是她从未生长过的土地，但是在席慕蓉心中始终有对内蒙古草原最质朴、最纯真的无限热爱。此后，她每年都会回去，她也一直为草原的环境保护呼吁着，为保护游牧文明不停奔波着。

也许有人会说这个时代不需要诗了，这是一个过于快速发展的时代，连文学都变得快餐化了；有人则认为诗歌是一个奢侈的东西。诗从来没有需不需要，只有你想不想，我们不是利用诗去抢夺一个地位，不需要通过诗增进自己的知识，恰恰就是无用摆脱了一切名利，才会使诗真的存活下来。席慕蓉的诗总是让人读上去无比温暖，有对生命的挚爱情感，因为她能时刻感知生命中细微的美好。

小孩子看世界用心，大人用眼睛，但眼睛所看到的常常会骗人的。社会中浮华名利，经常会蒙蔽一些人透过表象认识本质的能力，栽在那短暂的物质享受中，最后只能在悔恨中度过。不要被喧嚣的世界所打扰，你应该有内心本真的东西，这才是你永远的快乐。当一个人历经了岁月的洗礼，还能保持一颗纯真的童心是多么难得啊！《小王子》中曾说：所有的大人都曾经是小孩，虽然，只有少数人记得。人应该永远保持一颗最纯真的童心，这才是你最宝贵的财富。

告诉自己，出色需要时间

出生于梨园世家的孟小冬，"冬皇"的名声响极一时，她5岁学艺，7岁登台，14岁已名满上海，剧评家梅花馆主撰文称赞她"扮相俊秀，嗓音宽亮，不带雌音，在坤生中已有首屈一指之势"。撰写剧评的"燕京散人"评价她在千千万万里是难得一见的，在女须生地界，不敢说后无来者，至少可说是前无古人。18岁，她便一炮走红，而获得"冬皇"的美号。

孟小冬的师父，最开始是她的姑父仇月祥。因为出生于梨园世家，所以孟小冬想要学习戏曲还是很简单的。她跟着姑父学习孙派老生，一字一句，音调高低，必须正确无误，每段唱二三十遍，天蒙蒙亮就出去吊嗓。她与姑父签了六年的学艺合约，三年苦练，三年为师效命。

孟小冬学戏非常认真，她要学就要学到老师的真谛，仅仅是《武家坡》和《击鼓骂曹》，就曾经向仇月祥、孙佐臣、陈秀华、言菊朋、鲍吉祥等名家多次学过，后来，有人向她拜师，她也说："只有具有天赋、意志坚强又迷恋艺术的人才有资格做我的学生。"

除去嘹亮的嗓音，孟小冬还有绝世的美貌，台湾一位当年曾是天津中学生的戏迷回忆，她不只是个名伶，真格的，她实在是漂亮极了，同学每个人都买一两张她的照片，大一点的夹在书里，小一点的贴在铅笔盒上，那时候好多中学生不懂京戏的唱做技巧，匆匆地一窝蜂去看她，只为一睹她的美貌。天资与勤奋，成就了这位18岁的"冬皇"。

当人们感慨于她的成就的时候，她却淡出了人们的视线，一切只因为一个男人——梅兰芳。两人曾合作《四郎探母》，此后梅兰芳总是寻孟小冬配戏，两人关系越走越近，从搭档到彼此互生情愫，最终走到了一起。梅兰芳不希望这事被宣扬出去，于是两人就默默办了婚礼。

婚后，梅兰芳不希望孟小冬抛头露面，孟小冬就渐渐淡出了曲艺圈，只是自己在房间里无事时闲唱几段。1926年，一个叫李志刚的大学生，在梅兰芳的住所枪杀了代梅兰芳接客的《大陆晚报》经理张汉举，军警赶到现场将李志刚乱枪击毙。梅兰芳和孟小冬的事也不胫而走，第二天各报刊报道了此事，人们对梅兰芳和孟小冬的议论声也是不断。后来，梅兰芳的大伯母去世，孟小冬剪了短发披麻戴孝的时候，梅兰芳的二姨太福芝芳以腹中的孩子威胁不准孟小冬进家门，不承认她梅家人的身份，梅兰芳无法，也只能默许。

孟小冬从此心灰意冷，她放言："我今后要么不唱戏，再唱戏不会比你差；今后要么不嫁人，再嫁人也绝不会比你差！"

深爱戏曲的孟小冬，在沉寂了几年后，她还是重拾起了京剧。1935年9月，孟小冬在北平吉祥戏院与王泉奎、鲍吉祥合演《捉放曹》，孟小冬的每一句唱词、每一个动作，一板一眼、一招一式，坐在台下的余叔岩都看得仔仔细细。孟小冬的天赋和才艺，彻底征服了余叔岩。

1938年10月21日，余叔岩在北平泰丰楼正式收孟小冬为徒弟。孟小冬在拜余叔岩为师的时候已是名角，但她十分谦虚，又十分懂人情世故，在向余叔岩学戏的过程中，和余家上上下下、大大小小都相处得很好。余叔岩对她很是欣赏，也十分精心地调教她。

余叔岩在五年时间里专门为孟小冬说过近十出戏的全剧。一日为师，终身为父，对师父所授戏码，师父对她说的为人做戏的道理，孟小冬都铭记在心。孟小冬唱戏为人皆谦虚，她常常对人说："这不是别的，关系师父的名誉，我心里没有十二分的把握，不敢贸然说会！"余叔岩病重时，孟小冬一直都在身边侍奉，像他的孩子一样。

1943年5月19日，余叔岩因患膀胱癌不幸病逝。孟小冬闻得此讯，痛心不已。悲痛之余，她写了一副长长的挽联以悼恩师："清才承世业，上苑知名，自从艺术寝衰，耳食孰能传曲学；弱质感飘零，程门执赞，独惜薪传未了，心哀无以报恩师。"

余叔岩去世后，孟小冬以"为师心丧三年"为由，正式宣布告别舞台，开始了隐居生活。1950年孟小冬与杜月笙逃亡香港结婚，63岁的杜月笙和42岁的孟小冬举行了婚礼，杜月笙觉得自己亏欠孟小冬太多，他要给孟小冬一个名分。1951 年，64 岁的杜月笙去世，孟小冬移居台北。晚年，孟小冬虽再未登过台，但她对余派艺术的实践和研究却并未中止，特别是她致力于余派艺术的传播，对其流传和影响到海内外，做出了巨大贡献。

孟小冬还专心教授弟子，她挑选弟子十分严格，如她所言，只有具有天赋、意志坚强又迷恋艺术的人才可以。她教授弟子也极为严格，未经她的允许，不能在外面随意吊嗓，更不准在外面唱尚未纯熟的戏。

孟小冬的一生颇具传奇色彩，终其一生，她都在致力于对京剧的探求和发扬。她以惊人的毅力和孜孜不倦的追求，使她在京剧上造诣颇深。人们惊叹于她的戏剧才华的同时，也深深地被她的执着追求所感动。一代"冬皇"，一生的传奇。

任何一项事业，想要做到有所成就，做到出色，都需要漫长时间的打磨，如果耐不住性子，不想吃苦，那就没有办法变得出色。老天爷是公平的，每个人都有来这个世界走一遍的机会，有的人总是吃惊，同样的年龄，怎么自己什么都不会，别人什么都会了。那是因为你在睡觉、吃饭、休闲的时间，人家拿来学习，在不断进步。出色需要时间，要自己清楚这一点，然后默默地付出。

不强求世界，自己才是重点

任时代怎样变幻，我们依旧是我们，我们无法强求世界怎样，但是我们可以要求自己怎样。改变不了这个世界，为何还要改变？我们自己才是生活的重点，要过得有自己的生活，有自己的风采。

"在城市里，我相信一定会有那么一个人，想着同样的事情，怀着相似的频率，在某站寂寞的出口，安排好了与我相遇。"张爱玲始终是一个独特的存在：她祖上显赫，曾外祖父是李鸿章。对汉奸胡兰成痴心不改，穿奇装异服，尤爱旗袍，一露面使得整条街都轰动。性情古怪，喜欢吃隔夜面包。她直言不讳地说喜欢钱，是因为知道钱的好处。

张爱玲的母亲也是个十分传奇的女子，黄逸梵，新派女性。当她与张爱玲的父亲张志沂结婚时，被称为人人羡慕的"金童玉女"。黄逸梵接受了新思想，无法容忍丈夫吸食鸦片、嫖妓、娶姨太太，她以陪小姑子张茂渊留学为借口去了海外，几年后她回来本想与丈夫重归于好，但是两人在一起实在无法相处，最终他们选择了离婚。那个年代，女人离婚是相当相当少的，会招惹很多非议，但是黄逸梵坚决要脱离这个家庭，她一生漂泊海外，三寸金莲走遍大半个世界，成为我们中国第一个"出走的娜拉"。

1924 年张爱玲开始读私塾。1928 年张爱玲开始学习绘画、英文和钢琴，并开始读《三国演义》《西游记》《七侠五义》等古典名著。1930 年进入黄氏小学插班读六年级，并改名为张爱玲。张爱玲的母亲与父亲离婚后，母亲和姑姑搬出宝隆花园洋房，在法租界租房住，张爱玲仍然随父亲生活。

1931 年，张爱玲读上海圣玛利亚女校时，父亲张志沂再婚，继母孙用蕃。继母在这个家里非常横行，对张爱玲和弟弟都很不好，但在张志沂面前却很会表现。1937 年抗日战争全面爆发，张爱玲 16 岁，惊扰难眠，就跑去和母亲同住，结果回到家遭到继母毒打，继母还在父亲面前恶人先告状，说张爱玲打了她。张志沂疯了似的对张爱玲进行了一顿毒打，并把张爱玲关在一间空屋里，让人看管。软禁期间，张爱玲得了严重的痢疾，但父亲不闻不问，不给她请医生，不给买药，差点死去。半年后的一个深夜，弟弟的用人何干实在看不下去了，便偷偷把张爱玲放了出去。张爱玲成功逃脱后，奔向了母亲的家。

张爱玲一开始来到母亲这里，她说自己是爱着母亲的，母亲是辽远而神秘的，她是美丽敏感的女人，自己很少有机会和她接触。母亲以每小时五美元的报酬给女儿聘家教，还教张爱玲练习走路的姿势，看人的眼色，照镜子研究面部神态，告诉她如果没有幽默天才，千万别说笑话。她一定希望女儿能优雅如她，识得众生相，不被小觑，不受欺凌。

可是母亲的名媛养成计划失败，张爱玲这方面没什么提升。黄逸梵异常沮丧与恼怒："我懊悔从前小心看护你的伤寒症，我宁愿看你死，不愿看你活着使你处处受痛苦。"母亲的这番话，让张爱玲感到无比心寒，这种否定的话从母亲口中说出，对她伤害极大。

她在国外多年的飘荡已不适应平淡如水的生活，更不要说担起母亲的角色了，她一直靠变卖古董和家产生活，一面崇尚自由，一面不得不依赖祖业生存，时间久了，她的生活也不得不拮据起来。她给张爱玲两条出路：一是拿着一小笔钱去读书，二是嫁人。张爱玲选择了第一条路。

战争爆发后，上海物价飞涨，黄逸梵的生活日渐捉襟见肘，张爱玲每月上课都只能向她要钱，她也越发暴躁了，这让张爱玲十分痛苦和备感羞辱。后来张爱玲考入了港大，她拼命读书，拼命赚钱，赚到钱后，她去给母亲还钱。

张爱玲在香港大学时，她的老师佛朗士为奖励她学业出色，给了她800块，张爱玲高兴地给母亲看，想得到她的肯定，但母亲却什么都没说，只让她放在那里。张爱玲放下后没两天，那钱就被妈妈在牌桌上输掉了。母女俩的关系越走越远，黄逸梵后来再次去往海外，母女俩再没见过。黄逸梵完成了自我的放飞，成为一个比女儿活得还精彩的传奇女性，但在母亲这个角色上，她是缺失的。

1942年夏，张爱玲正式开始她的写作生涯。张爱玲说她很反感母亲的清高态度，毫不掩饰，张爱玲说自己就是拜金主义者，她说："我喜欢钱，因为我没吃过钱的苦，小苦虽然经验到一些，和人家真吃苦的比起来实在不算什么——不知道钱的坏处，只知道钱的好处。"

就在这样的乱世中，张爱玲一直孤孤单单地自己生活着，直到遇到了胡兰成。1944年2月，胡兰成回到上海。一下火车，他就去找苏青要了张爱玲的地址，去拜访却没见到，留了电话离开了。第二日张爱玲便给胡兰成打了电话，说要去他那儿拜访。23岁的张爱玲走进胡兰成的客厅，一坐就是5个小时，张爱玲心中幻想的男子，胡兰成全部符合，这个38岁中年男子潇洒健谈，风度优雅。第二天，胡兰成又回访了张爱玲，两人相谈甚欢。胡兰成回到家写了一首新诗和一封信送给张爱玲，道中了张爱玲的心事。张爱玲的回信是：因为懂得，所以慈悲。1944年8月，两人结了婚，他38岁，她23岁，没有举行仪式，只写了婚书：胡兰成张爱玲签订终身，结为夫妇，愿使岁月静好，现世安稳。

张爱玲和胡兰成后面的结局是非常悲伤的故事，但是在这一段时间里张爱玲是体会到了爱情的美好的。正如她的那句：愿使岁月静好，现世安稳。

张爱玲虽是一个精致的海派才女，品位高雅，生活讲究，可她也是个地地道道的吃货呢。她曾说：中国人好吃，我觉得是值得骄傲的，因为是一种最基本的生活艺术。她的《谈吃与画饼充饥》一文中，涉及的中外美食达50多种。

张爱玲毫不掩饰自己的喜好，她也不会因为想刻意修饰自己而遮遮掩掩，她说她很讨厌母亲那种明明一副很清高的样子，却总是因为钱而无限发愁。她说她是拜金主义者，因为她一生孤独地自己照顾着自己，她过早地学会了独立养自己。她对生活琐碎的事通通不知，生活中像个孩子。喜欢奇装异服，即使最普通的朋友来看她，她也会穿上自己最喜欢的衣服展示给她们，她对旗袍有特殊的偏爱。她是个十足的吃货，并且她毫不掩饰这一点，在她的书里都有体现。爱过一个人渣，她爱了就爱了，不爱了，就不爱了。后来胡兰成也有找过她，表示自己已经后悔了，想和她重修旧好。她回信给他：兰成，我已经不爱你了。爱的时候毫无保留，不爱的时候也绝不纠缠，这就是张爱玲。她是那么真实，她不是那么高高在上的大作家，但她对美食回忆得又让她那么富有烟火气息，有淡淡乡愁，有浓浓的上海情怀，有五味人生，还有聚散离合的悲喜人间。她好像离我们那么远，又那么近。

不必强求世界怎样，也强求不来，这世界不会只为某一个人而运转。但我们可以将自己保护得很好，安安静静地享受着自己的小世界。自己才是重点，不必在意太多人的看法，不用管别人世界的纷繁复杂，在自己的世界里住着也还是挺美好的，你的人生是给自己看的，不是为别人。

最难的时刻，始终都会过去

普希金说："假如生活欺骗了你，不要悲伤，不要心急，忧郁的日子里需要镇静。相信吧！快乐的日子会来临，心儿永远向往着未来，现在却常是忧郁。一切都是瞬间，一切都会过去，而那过去了的都会成为美好的回忆。"

你是否有时觉得自己被困在深山中，无人知晓，没人能解救你，你似乎只有等待死亡这一条路可走？你恐惧周围的一切，感觉自己寸步难行，那是一种濒临绝望的状态，你就待在那里静静等待死神吧。不，你一定不会的！因为每个人都拥有着与生俱来的强烈的对生的渴望，而且人的这种求生欲在遇到外界的强大刺激时会表现得更明显，因为求生是人的本能。是的，你可以放弃生的希望，但这样的你会甘心吗？还没有好好享受下这个世界，就要被死神带走了。所以你会劝自己，再忍忍吧，既然无人了解我的痛苦，那我就自己寻找出路，多找几条，总会找到出口的，咬咬牙，总会坚持到那一天的。

人生没有终点，我们始终在路上，但是人生所经历的每一个阶段，应该有各自短暂的节点。退役，意味着运动员们要告别赛场，重回自己曾经熟悉又陌生的社会中了，每个运动员在退役的时候都会十分感慨，有很多不舍，他们告别了熟练的训练场，又要学会再跟这个社会接触。

2018年2月3日下午，惠若琪在常州武进体育馆进行了退役仪式。现场她一度哽咽，近20年的运动生涯，给了她太多的感动，她将那近20年的时光奉献给了赛场，自己的童年、少年、青年时光都紧紧和排球拴在了一起。

1999年，因父亲工作调动，8岁的惠若琪随家人移居到了南京。同年的8月，一次偶然的机会让惠若琪接触到了排球，之后她就开始迷上了排球。小学三年级，她参加了中山东路体校业余训练后，又一次成了"插班生"。初入队时，老队友已经能双手垫球二三百个，而她只能垫三两个。

惠若琪非常努力，刻苦训练，以主攻为目标，几个月下来，她取代了主攻手。后来她又以队长为目标，一年下来她成了队长。2007年春天，惠若琪在16岁的时候，入选了国家女排，成为最年轻的女排国手。因为当时的惠若琪与冯坤、杨昊、王一梅等国手的实力还相差甚远，惠若琪在参加完国家队集训后又被调回了省队，使得她与2008年北京奥运会失之交臂。惠若琪曾大哭了一场，母亲安慰她，很多人可能连试训都去不了，你已经很不错了，我们的进步空间还很大。

命运再次垂青了惠若琪，此后，她连续被选入国家队，虽然是替补，但是她的出色也被众人所看到，2009年到2010年瑞士女排精英赛，她两度夺得最佳一传。惠若琪在比赛中表现出了十分顽强的个人意志。在女排大奖赛澳门站时，她的肩膀脱臼了，第一次她竟然将脱臼的胳膊自己接了回去，但第二次脱臼时，疼痛让她已无法再回场上。她全身发抖，脸、嘴都是苍白的，这次受伤使得惠若琪直到现在，左肩还有三条手术疤痕，里面还埋着七颗钉子。

2011 年，惠若琪终于成为国家队的主力队员，她与队友一起拿到了亚锦赛的冠军和世界杯的冠军。2013 年，郎平开始执教陷入困境中的中国女排，22 岁的惠若琪扛起了第十五任女排队长的大旗。身披 12 号球衣的她，成为女排进攻线上的绝对主力。然而令她没有想到的是，备战 2016 年奥运会前夕，突如其来的心脏问题，让她不得不接受两次心脏射频消融手术。

第一次手术的过程让惠若琪感到非常不适，她原本的心率是在 50、60，医生给她心跳推到了 240、250，她说当时就感觉到心脏怦怦怦的，自己要爆炸了，她感觉整个人都要疯了。中途的时候她还跟医生说，实在忍受不了了，她不想做了，就一直哭，后来就猛然晕过去了，什么也不知道了。恢复了三个月的体力，惠若琪又回到了国家队，她本来想着这次应该是没什么问题了。没想到刚到国家队，又出现了问题，她的疼痛白忍了。

惠若琪有过挣扎，她实在不想再做那个手术了，觉得自己再上手术台，可能下不来了，因为第一次手术让她依然心有余悸。她还在劝自己，可能自己就与奥运冠军无缘吧，但后来想一想她如果就这样退役了 50 年之后会不会后悔呢？她想了想，不用 50 年，也许第二天就会后悔。郎平教练也劝她，都坚持到了现在，最后不坚持吗？况且还有一丝希望。后来她决定还是再做第二次手术吧，即使只有百分之一的希望，也要尽百分之百的努力。她自己笑着说对排球的那个感情就是："排球虐我千百遍，我待排球如初恋。"

这一次手术后，惠若琪终于成功参加了里约奥运会。前期的比赛，中国女排的成绩一直都不是很理想，惠若琪找到副教练说自己是不是不该来，耽误了这个团队。副教练说每个队员都找他说过这样的话，他鼓励每个人，你们现在身边只有彼此了，必须坚持。里约的征程非常艰难，四分之一决赛时遭遇了东道主巴西队，每一局比赛都打得异常艰苦，正是凭借着女排顽强坚持的精神，中国女排创造了奇迹，取得了最终的胜利。惠若琪和她的队友们终于圆梦了，中国女排终于在 12 年后再次站在了冠军的领奖台上。

年仅 25 岁的女排队长惠若琪称自己的经历挺离奇的，经历过辛苦打拼的时光，又跌到低谷，然后又重回巅峰，经历了两次与死神交手的生死考验。她所经历的如同炼狱般磨难的运动生涯也只有她自己才能完全体会，好在她一步步咬牙挺了过来。

无论生活给我们多大的苦难，你要相信咬咬牙会挺过去的。就像惠若琪口中说的那样：有百分之一的希望，就要尽百分之百的努力。只有这样敢于去拼搏，去战胜，你才会在路的尽头看到奇迹。任何一次苦难的经历，都是为了成就更强大的你，不要怕，要相信，明天总是美好，即使今天的风雨再大，你也要咬着牙挺过去，你才有机会见到明天的日出。

正视自己，不找无谓的借口

借口这个东西，其实是人们的一种逃避手段。失败了就失败了，找借口也没有任何意义。失败的人才会找借口，成功的人永远不会找借口，只会想方设法。

1. 如果课堂上出现这样的学生

老师将答题的卷子发下来，××同学今天的成绩非常好，班级第一，还是全年级第一，大家为他鼓掌。这位学生站起来第一句需要讲的肯定是谦虚的话，谢谢老师和同学们的鼓励，我将来一定会更加努力，更加刻苦，争取取得更好的成绩。成功的人回答如此轻松，因为他不用怎么想，只需要一个逻辑，刻苦学习，将来更好。

如果老师将答题的卷子发出来，老师会问，×××同学今天的成绩不是很理想，是不是最近不好好学习了，分神了，打游戏了？如果你不想承认事实就是老师说的那些理由的话，那接下来的回答就会是：老师，我是身体不舒服。我昨天得了急性肠胃炎，我眼睛不舒服，我胃不舒服，我今天没睡好觉，这些都可以作为你对老师回答的答案。

虽然你逃过了老师的逼问，但是该不会的问题，你还是不会，不留心的地方还是会再犯错误。借口是我们自己的，看似是帮自己逃过了一劫，但是其实是帮你造出了一个巨大的谎话，再碰到此事，你一样不会做。

2. 如果公司出现这样的同事

工作中看似很忙，看他每天忙忙碌碌的，似乎尽职尽责，但是他本来可以一个小时完成的任务，却一整天都没有完成。领导每次从他身边走过，他都在低头打字，看似太认真了，其实他在领导走后偷偷地一直在刷网页。借口使我们的效率变得越来越低，很容易让人养成拖延的坏习惯，一个接一个任务地拖下去，无疑是这个公司的灾难。

我亲身经历过这样一个场景，甲、乙、丙、丁四个人负责一个项目，公司的产品要召开发布会。四个人是负责产品的策划与设计的，四个人兴高采烈、信心满满地去参加产品发布会，本想一鸣惊人的，结果出现了点小插曲，还有一些问题没被发现。产品发布会上当产品亮相的时候，四个人傻掉了，产品的功能介绍那一块不全。演讲者是公司董事长。

产品发布会之后，总监找四个人分别谈话，每个人都说自己没有预料到，到谁那里可能出现了问题没被及时解决，四个人说的词汇大多相同：不，不是，我没有，我完全不知道，当时我也蒙掉了。

发布会结束后，四个人都被开除了，原因是没有一个人承担责任，而是给自己找了充足的借口。

3. 体育赛场上如果有这样的运动员

进行的项目，因为问题出现在自己身上，导致对方运动员取胜，也许你手中的一块奖牌就这样溜走了。采访中你说我没想到，对手太厉害了，场地上现状不太好，这些都不足以成为你失败的原因。原因还是因为实力不到，而且最大的受害者就是自己，你给自己找的一系列借口，都不能让你重拾奖牌。

优秀的学生首先承认错误，知道自己哪些题做错了，然后将其牢记在心，争取下次不犯这样类似的错误。

优秀的员工从不在工作中寻找任何借口，他们总是把每一项工作尽力做到超过客户的预期，最大限度地满足客户提出的需求，而不是寻找各种借口推诿；他们总是每一项工作尽力做，替上级解决问题；他们总是尽全力配合同事的工作，对同事的需求，也从不找借口拖延。

美国成功学家格兰特纳说过：如果你有自己系鞋带的能力，你就有上天摘星的机会！让我们把寻找借口的时间和精力用到努力工作中来，工作中没有借口，人生没有借口，失败也没有，成功的人也不需要。

优秀的运动员也从不给自己找借口，输就输了，赢就赢了，输也要输得起，赢也要不骄傲，赢和输通过训练是可以互相转化的。刻苦的人总会得到老天爷的奖赏。

出现问题了，失败了，其实并不是什么大的问题。失败有时并不是坏事，让你可以及时补救自己的问题，填补自己的漏洞。借口是留给失败者的，正视问题，认识到自己的短板，然后想办法补救，这样才会消除短板，让你能更好地前进。

一个孤儿，向高僧请教如何才能使自己获得幸福。高僧指着块看似很普通的石头说："你把它拿到集市去，但无论谁要买这块石头，你都不要卖。"孤儿来到集市卖石头，第一天、第二天无人问津，第三天有人来询问。第四天，石头已经卖到一个很好的价钱了。

高僧说："你可以把石头拿到石器交易市场上去卖了。"孤儿十分不解，高僧说："这样一块石头，如果你认为它是不起眼的陋石，那它永远只能是一块陋石；如果你坚信它是一块无价之宝，那么它可能就是一块宝石。"自信它是块宝石，别人看到你的自信，也会被你所感染，认为它可能就是一块宝石，但是如果你自己都不自信，别人更不会看得起这块石头。

敢于正视自己，也是信心的一种展现。正视自己暂时出现的问题，并相信自己可以改正好，不找任何借口，直面问题，然后告诉自己这种问题也只会出现一次，我坚信不会再出现第二次，及时地修正是成功的关键。

不慌张，生命有自己的出路

　　每个人的生命都有着自己的运行轨迹，开始的时候渺小，没有任何人关注，会觉得迷茫、委屈，然后总是时不时地怀疑自己，这是最颓废时的自己。当来到一个地方，这里有你想看到的鲜花盛开，那么神奇的世界，你开始惊叹于还有这么美的地方，你坚定决心，你要成为那里的人，为此你不断努力，拓展自己的知识和胸怀，接纳许许多多的新思想和理念，这是最具能量时的你。当你去了自己想去的地方，受到了那里所有人的欢迎，并给了你很高的地位，这是最具光环的你。虽然日后在这里，你会受到各种挫折打击，但在你面前再也不会掀起巨浪，因为你已经有了对付它们的武器，你的轨迹无比清晰，你可以为自己的旅程画上一个圆满的句点。

　　无论从哪里开始，最后我们还是会在结尾处与原点重遇，然后画上完结那一点。生命就是这样周而复始的过程，我们从最初的起点出发，进行着波浪式的起起伏伏，最终还是与最初的起点归到一起。

　　夏夏，是一个学习美术的女孩儿。她从小非常喜欢看动画片，喜欢画画，看动画片和画卡通人物时是她最专注的时候，雷打不动，任凭别人做什么，她都还是坐在那里，不受干扰。看过的卡通形象，都会在她脑海里形成非常清晰的印象，能一笔都不差地勾勒出来。

父母也知道夏夏非常喜欢美术，喜欢画卡通人物，父母也看出了她非常有这方面的天赋，但是最关键的一点是，家里的条件实在太拮据，学美术要负担高昂的学费，父母担心没有办法供下来。

夏夏小学五年级的时候，有一天放学回来，她跟妈妈说："妈妈，我想去打工。"妈妈问："为什么要打工？"夏夏说："我想学画画，我想自己供自己学画画。"妈妈摸了摸夏夏的头，然后转身回到自己的卧室，伤心地落下了泪水。

夏夏的父母开了一个公司，一直都处于亏损的状态，他们赊了很多账，公司眼看着只能面临倒闭，每天那么一点微薄的收入连房租水电费都不够缴的。亲戚朋友的钱都借遍了，几十万的欠款，有的亲戚甚至都不敢接夏夏父母的电话，就怕是要借钱的事。

在这样的条件下，夏夏的妈妈觉得孩子既然这么喜欢美术，那么即使再艰难也要供她。夏夏妈妈和爸爸说了这件事，夫妻俩商量后决定一定要满足孩子的愿望。没过多久，夏夏的父母把这个大公司关闭了，改为了一个小店。这样投入少一点，亏损也不至于那么大。

夏夏五年级的时候，夏夏妈妈把孩子送到了附近的艺术学校，开始学习美术。小店的生意渐渐有了起色，但是夏夏父母的压力丝毫没有减轻，还有几十万的外债要还。夏夏妈妈决定要去外地打工，夏夏爸爸一个人既照顾店里又照顾夏夏。

　　刚学习美术不久，夏夏的美术天赋就显露出来了，老师非常喜欢夏夏。夏夏的进步很快，其他学生学到的，她都在学完之后，自己还会再多学一些。老师建议夏夏爸爸将来一定不能断了，要让夏夏继续走这条路，她是走这条路的料。夏夏爸爸记住了老师的话，和夏夏妈妈电话里谈起这个时都非常开心，他们也相信夏夏这条路会走得不错。

　　高中的时候，夏夏因为学习美术专业课的时间非常多，占用了些文化课的时间。她的文化课成绩本来就不是很好，数学、英语成绩一直都不理想。高二时，夏夏的文化课成绩出现了明显的下滑。爸爸问她原因，夏夏低下头说自己会补回来，夏夏爸爸知道夏夏自尊心很强，也没再多说什么。她知道父母供自己不易，觉得自己让父母失望了，心里非常难过。后来，她每晚上完专业课后，回家拼命学习文化课知识，有时抱着书在电脑前就睡着了。高二下学期的时候，她的文化课成绩才渐渐有所好转。

　　亲戚朋友有人问夏夏爸爸："为啥让孩子学习这个美术啊？学个普通的文化课算了，给你们累成这个样子，还得两地分居，多不值得，我看哪，学啥都一样，孩子长大了，花点钱，让她做个买卖赚点儿钱不是挺好？"夏夏爸爸笑了笑，也没多说什么："孩子喜欢，我们做父母的就尽力支持呗。"坐在一旁的夏夏看看亲戚，目光避开她的视线没说什么，她心里暗暗下决心，一定要把文化课提上来，不辜负父母对自己的培养。

高三的时候，夏夏父母终于还清了外债，还在当地买了一套楼房。家里的条件有所改善了，夏夏妈妈也结束了外地打工的日子，回到老家，她想在这一年关键的时间里好好照顾夏夏，做她学习的有力后盾。夏夏每天学习到深夜，夏夏爸爸每天上网给她查各种食谱，为了让她能有一个好的身体学习。夏夏妈妈给夏夏买了很多提高能量的食物，陪着她一起出去艺考。

夏夏每次艺考前，妈妈都给夏夏做心理上的辅导，夏夏妈妈主要是怕她压力过大："夏夏，我和你爸爸供你学美术，不是让你哪一天飞黄腾达，我们只是希望你能做自己喜欢的事儿，你能开心就好。美术这个东西是艺术，它是要你永远不停去学的、去研究的，短暂的成与不成，不代表什么，但你要尽力，尽力了就好。"夏夏和妈妈总能像朋友一样交流，爸爸妈妈给了她很多鼓励，让她的心态特别好。高考时，夏夏考上了一所国内很好的美术院校，她报考了设计专业。后来大学毕业后，她又出国学习了汽车设计，现在已经是位小有名气的汽车设计师了。

每个人都会有一条你可以走得通的路，或短或长，或远或近，条条大路通罗马，三百六十行行行出状元，我们生来也许都有各自的宿命，但是命运不会亏待每一个人，每个人都有均等的机会找到这条路。只要你真正地喜欢，只要你肯为之付出努力，别怕，你的路就在前方，每个生命都有自己的出路。

第四章

我愿意做一个温暖的人

即使世界残酷，我依然愿意温暖别人

经常会看到流浪歌手背着一把自己的吉他在弹唱，身边很多人都会毫不吝啬地给他钱。他是凭着自己的才能去赢得了这份钱，我觉得这无可厚非，我每次路过的时候也都会给他点钱。我非常理解那些为了追求梦想的人所承受的痛苦，每一个追梦的人都是不易的，但是他们还是愿意坚持下去。

曾经看过这样一条新闻：一个点餐的客户忘了回外卖送餐员的微信，没有及时取到餐，导致这个外卖送餐员的工资被扣罚了，说他送货不及时。原来这个外卖员是个聋哑人，他每次送外卖前都会给客户发个短信。如果用户没有回复短信，他就会给客户打个电话，然后挂掉。因为不能和用户打电话交流，所以他就事先编辑好短信，发给用户告知情况。有些用户没有看短信的习惯，所以他就会打电话然后挂断，以此提醒用户看短信。

全国所有聋哑外卖人员几乎都是这样工作的。他们是外卖公司庞大的骑手队伍中"特殊"的存在。聋哑外卖送餐员许兴用手势这样讲述道："我是外卖送餐员许兴，来自云南，我们是聋哑人，找工作非常困难，我想多赚点钱。"聋哑外卖送餐员于亚辉用手势这样讲述道："我是于亚辉，来自河南，今年 24 岁，是许兴介绍我加入的，在这里我非常开心。取好餐后，我会先给客户发短信，短信都是团队编好的，有些客户没有看短信的习惯，我就打个电话，然后再挂了。可是，因为这样，我也经常会被投诉，餐品送达顾客指定地点，也给客户发了短信。我每天 30 个单，说不定下个客户就是你，请在投诉前确认是否收到我的短信，谢谢。我们很热爱这份工作，希望大家给予支持和理解，谢谢大家。"

视频中的两位外卖送餐人员，一个努力打着手语，说自己很热爱这份工作，希望能得到更多客户的理解；另一个始终认真地注视着他，可以看出他们眼中同样有着对生活的渴望和温暖。对于聋哑人这样一个特殊的群体，生活对于他们比我们要艰难得多，他们的眼神中没有对顾客的一丝抱怨，有的只是一份希望，希望得到更多人的理解。

我们每个人都在为生活而奔波，既然要生活，就会受苦受累，只是我们的受累方式不一样，但同样都是为了更好地生活。我们因为不了解别人的生活，而很容易产生误解，当你了解后也就彼此理解了。

还有一位杭州的外卖送餐员，顾客是一位杭州淘宝店的店主。外卖送餐员把外卖送到时，一直都没人回应，过去了一个多小时还没有回应，外卖送餐员无奈地回到餐厅，送餐的配送费也扣掉了。餐送到的时间是凌晨五点多，结果客户下午一点多才回短信道歉，说自己昨天订完餐睡着了，真心对不起。

　　其实这件事的原委是这样：订单在凌晨四点多，送餐到达指定地点，但怎么也联系不上客户，为了确保将外卖送到顾客手上，他在路边徘徊了很久，最终仍然无法与顾客取得联系。而他所不知道的是，这时的顾客由于 24 小时连轴转，点完外卖已经睡着了。外卖送餐员还赶上电瓶车没电了，他只能在大雨滂沱的寒夜里推着一步步回去。

　　生活没有我们想的那么糟糕，但也没有我们想的那么轻松，我们每个人都是含着泪奔跑的。你羡慕那个富翁，他有大笔大笔的钱可以挥霍，可以买到世界上所有你觉得很昂贵的东西。可是他也羡慕你，羡慕你可以随性生活，羡慕你的自由，羡慕你可以早睡早起健康生活。他是付出了多少个通宵，出差往返多少个地方，付出了多少才有今天的财富。

　　你羡慕演员的工作，多么光鲜、靓丽，他们走到哪儿都是所有人的焦点，多么令人羡慕。但是你不知道他们连着多少个通宵赶夜戏，在拍戏之前，他们无法像普通人一样，随便吃随便喝，他们要减肥节食，保持身材，这样才能在荧幕前展现出更好的形象。你不知道他们在多少个日日夜夜里也想放弃，他们也想过普通人的日子，可以想去哪儿就去哪儿，可以想休息就休息，不必在意那么多。但是他们还依然要坚持，赶通告，赶时间，赶飞机。

　　在这个世界上，没有谁是轻松的，没有谁能随随便便成功。生活，对于每个人都是不易的，从来没有一帆风顺，我们始终要闯过这一关，还有下一关。谁都知道努力很辛苦，谁不想休息？为什么要熬？为什么要辛苦？因为他们知道熬过去，才会有幸福，才能到达想要去的地方，熬过了是幸福，熬不过是痛苦。

这些外卖送餐员，他们在我们的身边看似平平凡凡，他们的工作也看似很简单，只是给别人送个饭。但你不知道这一餐是要从多远处送过来，遇到恶劣天气，他们要怎样克服。一个外卖送餐员说过的话让我很感动："我一开始觉得做这一行挺无聊的，送送饭而已，但当我看到在客户非常忙碌的时候，因为你送去的这一餐，他们能及时吃上饭，很开心，我就觉得挺有意义的。"

世界是残酷的，但我们每个人都依然在珍惜着生活。因为我们都知道，我们想要更好的生活，每个人都在为自己的幸福生活而努力，我们都一样，都在为生活吃着各种苦，但我们都乐此不疲，因为我们相信我们的努力可以得到明天的美好。愿每个人都温暖待人，社会是相互感应的磁场，你温暖待人，别人才会温暖待你。

我愿意相信世间的美好

西方最古老的时候，没有任何的奢侈品，西方人为了表达自己最真挚的情感，他们就从大自然中随处可见的鲜花中选取一些送给别人，虽然鲜花随处可见，但是自己采摘来的鲜花是最真挚的。花代表着人们对美好的向往，每个人见到花后都会心情变得更美好，像被净化了一样。

小欣从小就很喜欢各种植物，她所见过的植物都能叫上名字来。在她心里一直种着一个梦，就是自己长大后可以开一个花店，每天能够与花打交道，这是她认为最好的生活。她为此先去上了几堂插花课。

第一次去上插花课时，小欣被花舍摆放的一盆插花深深吸引了。那是一盆东方式的插花，精心地摆放着，那么和谐，仿佛每朵花的每个表情都在诉说着一个生命的故事。东方式插花讲究意境，不需要太满，要有留白，要顺着花自然的生长姿态，大道至简才是美。

小欣被这盆插花深深吸引了，这一次的学习又激发了她的梦想，她决定去学插花。在北京的工作很辛苦，小欣的工作每天被排得满满的。她周末的时候去学插花，每周只能给自己空出一天的休息时间，那段时间她熬得很辛苦，但是自得其乐。

"插花是一种修行，可以让我们慢慢放下脚步，然后静静地享受慢下来的过程，通过对花卉的修剪、定格，赋予花最美好的生命姿态是多么有意义的事情。看到美丽的插花以后，所有的烦心事都会一并抛在脑后了。"这是小欣在学了半年以后悟出来的。

小欣不满足于自己对理论的了解，她想去更多地实践。小欣又打了份零工，她每个周末晚上去花店打零工，迫不及待地想体验下做成那么多美丽的插花后，顾客会是什么样的表情。

一次，小欣遇到了一对情侣客户，他们刚毕业就打算要结婚，新娘子的婚纱明显有些不合身，他们只有3000元，他们结婚只是为了证明他们留在北京啦，在北京站稳脚跟了。小欣帮他们做了一束手捧花，一点钱都没要，说是就当作给他们的份子钱了。这对情侣非常感谢，还邀请了小欣去参加他们的婚礼，在婚礼现场这对情侣看到花束后洋溢着的那种笑容，让小欣非常感动。

学了两年的插花后，小欣打算放弃自己在北京的高薪工作和好的晋升机会，回到老家开一个花店。回到老家，她的节奏可以更悠闲些，费用也小一点，她可以开一个大一点的，平时有同样喜欢插花的朋友一起探讨学习，该是多么美好的事啊。小欣带着自己平时积攒下的一些积蓄，毅然辞掉了北京的工作，回到老家，开始创业。

开一家自己的花店，每天和花在一起，这应该是大部分女性都梦寐以求的美丽生活吧。小欣带着她美好的梦想，回老家后很快就开了自己的花店。刚开始花店每晚八九点就打烊了，但是她则要在店里一直练习插花，经常半夜才回去。自己开一个花店，比从前去给别人打工的压力可大了很多，面对不同客户，她要充分了解顾客的需求和喜好，还有一些顾客需要的时间很紧，她必须加班加点赶出来。

小欣是一个追求完美的人，她每次去花市采购花材要求都很高，即便找到了自己想要的花，她也会把整个花市逛遍，看看有没有比这一枝花更好的，姿态更美的，"表情"更好的。插花就像做设计一样，大自然馈赠给人们这么多美好的植物和花卉，应该在插花师的手中赋予它们新的生命和内涵，插出一盆属于自己的故事。插花最重要的是创意和想法，让每朵花都有呼吸空间，都能极致绽放。

接触到不同的客户也让小欣渐渐学会了如何同不同类型的客户打交道，了解他们的需求。当见证着一对对情侣从恋人到走进婚姻的转变，促成一对对姻缘时，小欣心里也觉得很幸福，还有小小的满足感。各种节日中，她的花束为更多家庭装点了温馨美好，也让她感到幸福。

学无止境，小欣一直没有放弃对插花的学习，目前她仍在继续学习东方式插花，她说如果想精通东方式插花需要近十年的时间，小欣也在插花方面获得很多市级、省级、国家级大奖，如今她已经是一名高级插花花艺师，在当地已小有名气，她的花店里总是顾客爆满。

为了让更多的朋友都能了解插花这门手艺，小欣会不定期地在自己的花店里教一些插花爱好者练习插花，她的花店里从来都不缺少欢声笑语。花应该是生命最美好的姿态吧，它的生命力的绽放总是会使人们联想起一切关于美好的词语。花是大自然赐予我们的最好的礼物，让它们继续以最好的姿态绽放是多么有意义的事。

生活中也许我们会因自己的善意被欺骗、爱心被利用而觉得无奈，甚至对这个世界心灰意冷。但其实我们的爱心并不会因为一两次被利用而失去它原有的价值，你做到了就好，我们不必去要求别人怎样。没有人愿意生活在一个冰冷的世界里，大家互相猜忌，互相利用，互相欺骗，那样的社会只会让坏人更猖狂，而好人越来越少，如果身处在一个如同荒原的世界里，那该多么可怕。

没有人会因为你做了好事却被人欺骗了而责怪你，这个世界上虽然不是所有道德都会用具体的法律条文来约束，但是有一种叫作"正义"的东西是每个人心中都存在的，你会得到大多数的拥护者，不要被少数人改变了你对生活的善良。当你失意时，可以像小欣一样欣赏欣赏美丽的花儿，或是自己学习学习插花，美好的事物会净化掉你心中那部分灰暗。无论经历多少残酷，愿你依然相信美好。选择美好，才会经历美好，拥有美好。

在最糟糕的阶段，调整最好的心态

"这个时代，一切都太快了，太昙花一现，出现得很快，成熟得很快，盛开得很快，怒放得很快，最后凋谢得也会很快。我不恨它，只是觉得太缺少诗意。"这是严歌苓在采访中说过的一段话，在这样快节奏的时代，每个人都该以自己的独特方式，为自己构筑一个丰富的内心世界。

严歌苓特别能写，几乎每年出一本书。写得好，离不开她高度的自律，她认为内心保持高度的自律和耐心，付出过汗水，才会收获成功。出版人张立宪说："严歌苓每次回国，空运来的都是耳光，响亮地告诉这群生活在北京的朋友，看啊，你们又虚度了多少光阴！"

严歌苓 1958 年出生在一个文艺浪漫的家庭，父亲严敦勋，笔名萧马，既是作家也是编剧，母亲是一名极其勤奋的话剧演员。所以严歌苓从小受父母的熏陶，她的性格中有母亲的勤奋，天生具有表演天赋，同时她又有父亲身上的感性，对文字、故事的敏感。

小学一年级，"文革"来袭，学校里已经乱作一团，严歌苓便回到家看书，父亲的书柜里放满了世界名著，严歌苓想看什么都行，从不阻拦，母亲对她管教严格，说她读这些还太小，但是她还是看过了《唐璜》《战争与和平》《西厢记》，看完了去给小朋友讲。小的时候她的话不是很多，但她喜欢聆听，小说的人物原型，很多来自家人、朋友。

1970年，12岁的严歌苓报考文工团，成为了一名芭蕾舞文艺兵，从那时起，她热爱上了舞蹈，每天早上4点起来练功，她说自己的理想就是成为一个可以跳独舞的舞蹈演员。15岁时，严歌苓迎来了自己人生最惨烈的爱情，她爱上了一位大自己7岁的排长，短短6个月，写出了160封情书。那时，部队里明令禁止谈恋爱，没想到恋爱一事被上级捕捉到，对方居然主动拿出情书，检举揭发了严歌苓。严歌苓要一遍一遍地写检讨，这段初恋给她造成了毁灭性的打击。

1979年，严歌苓自愿请求去越南，做战地记者。后来，她去了战地医院，那里非常惨烈，空气中都充满了血腥的味道，就在那个时候她有了讴歌可爱的战友的冲动。她的诗歌、小故事写出来之后，一下子就吸引了文工团的男女演员们的注意力，大家的认可和鼓励激发了严歌苓不断创作的热情。后来她又试着投稿给成都军区的报纸，22岁，发表了处女作童话诗《量角器与扑克牌的对话》，成为文工团里的"小名人"。23岁，推出了首部电影文学剧本《心弦》，赢得一片好评。此时的严歌苓豁然开朗，自己的头脑竟然比四肢更好用。渐渐地，严歌苓由业余转向专业，相继创作了《残缺的月亮》《七个战士和一个零》《父与女》等一系列电影文学剧本和中篇小说《你跟我来，我给你水》、长篇小说《绿血》《一个女兵的悄悄话》《雌性的草地》等。严歌苓在国内已声名鹊起，被中国作家协会列为会员。

严歌苓在一次偶然的机会邂逅了父亲好友的儿子李克威，两个人聊得很投机，于是很快结了婚。但婚后两个人生活得总是磕磕绊绊，后来很少说话，最终选择了离婚。当时的严歌苓只想离开，她选择去美国留学，于是每天强攻英语，最终考上了两个艺术院校写作系的留学生，最后选择了哥伦比亚艺术学院。虽然在国内已是声名鹊起的作家，但在美国却没有人认识她。一个30多岁的女作家，只能默默遭受别人的白眼，打着各式各样的零工维持生计。

越是生活得艰难，越能激发严歌苓的创作灵感，她从一开始的什么也不会，感觉自己像是一个边缘人，到后来会用双语写作，严歌苓付出了太多。终于，老天爷眷顾了她，严歌苓邂逅了美国外交官劳伦斯，两人感情很好，劳伦斯为了严歌苓可以放弃自己外交官的身份。

各种所见和亲身经历，让严歌苓感慨自己脑子里可以有无数个人生。她觉得写作对她来说像一个避难所，在写作状态中，她充满了创作激情，其他的事她都顾不上，家人也很迁就她，知道她要睡觉的时候，为了不影响她，家人都自动轻手轻脚走路做事。有一段时间，严歌苓30多天睡不着觉，可能是抑郁症，医生让她服用安眠药，她一开始不想吃，后来怕影响写作，又大把大把地吃药，这使得她三次错过和孩子相遇的机会，这也是她此生的遗憾。

2004年一次偶然的机会，严歌苓和好友陈冲因为想拍摄一部有关美国女作家收养中国小孩儿的故事，去了马鞍山的孤儿院。在那里她见到了一个非常可爱的三个月大的孤儿，孩子还在午睡，严歌苓抱起孩子，孩子睁开眼睛一点没哭，向她咯咯地笑。严歌苓当时就决定要收养这个孩子，这也就是她后来的小女儿。

严歌苓至今依然保持着笔耕不辍的写作习惯，而且她每写一部作品，都不惜花费大量的时间成本和金钱成本去考据和体验：为了《妈阁是座城》，她往澳门赌场跑了4次；只为感受一下赌徒的心理，输了几万元钱，还攒下了无数富翁自残戒赌的故事。为了《第九个寡妇》，她直接去乡下体验生活，跟河南农村老太太同吃、同住，种番薯。后来，将父亲曾经的剧本《铁梨花》改成小说时，用的都是河南方言。《小姨多鹤》因为早年没钱支持调查，她酝酿了20多年。前前后后，她去了三趟日本，光翻译就150美元一天，时间成本更是难以估量，最后赚来的钱，一多半与调查费用相当。严歌苓说："聪明人，用的都是笨方法。"

严歌苓的很多作品都受到导演们的青睐，拍成了影视作品：《天浴》《小姨多鹤》《金陵十三钗》《归来》《芳华》等，她的每一部作品一经问世都会引起社会上的巨大轰动，这和她历年来一直默默坚守文字工作密不可分。她最痛苦时曾经患上躁郁症，最后还是小说支撑她走了过来。她说："要是不写作的话，那我生命中最精彩的部分就死了。"

严歌苓在很小的时候就已经见过很多生死与残酷的事

实，这些历历在目的血淋淋的过往，日后成为她小说中的故事，她以文字的形式向世人展示着特殊年代的悲喜，她用自己生命中最精彩的部分，照亮了更多人，鼓舞着更多人。

在这个世界上，除了厚实的衣服可以御寒，温暖的居所可以安定，可抵御岁月侵蚀的，还有心底强大的信念和爱。无论生在何时，我们都无法改变这个世界，但是我们可以改变我们的内心。任何一个时代，都需要一种精神力量，这种精神力量就是心灵上的乐观与坚守。物质的回馈，无法让你无坚不摧，但是精神上的力量会为你折射出无数光芒，总有一束可以替你拨开层层迷雾，让你看清方向。

即使世间嘈杂，也不丧失自己的理性

这是一个以快为准的时代，这是一个信息技术飞快变革与发展的时代，这是一个一股潮流快速刮起又快速消失的时代。因为快，所以人们还没有来得及确定自己未来的发展方向在哪儿，就急匆匆地站队，虽然心里也在打鼓，不确定自己这样做对不对，反正管他呢，大家都这么做，我就跟着站队就好了，相信真理永远掌握在大多数人手中。但其实真不是这样，大多数人都走的路，你不一定走得通，我们不应该受外界的干扰，而盲目给自己就这样定了个方向。

这个时代讲情怀，讲匠人精神，似乎有些奢侈。出名才是成功，赚钱才是伟大，这是一部分人的观点。然而总有那么一部分人，他们是信情怀的，是讲匠心的，他们知道匠人精神没有丢。

2016年一部豆瓣评分9.3分的纪录片《我在故宫修文物》迅速蹿红网络，它的上线吸引了众多90后人群的追捧。《我在故宫修文物》是故宫90周年的献礼纪录片，一共三集，整体围绕着故宫工匠们为了准备大庆而修文物的故事展开。这部纪录片在故宫博物院的支持下，摄制组破例进驻这个全国最为保密、最为神秘的文物修复单位——故宫博物院文保科技部拍摄。

整部纪录片历经了五年的项目调研，四个月不间断的纪实拍摄，用现代人的眼光去看传统、看故宫。纪录片中出现了许多稀世珍宝：隋代展子虔的《游春图》、宋代张择端的《清明上河图》、唐代三彩马、乾隆皇帝的铜镀金乡村音乐水法钟、乾隆御稿箱、宫廷乐器——瑟，等等。

没看这部纪录片之前，我想文物修复师在故宫里那一定是无比高大上的，都是不食人间烟火的老艺术家范儿。但真的看了纪录片之后，这些想法完全颠覆了，神秘是有的，但他们看上去是身怀绝技又普普通通的人，他们种花养鸟、打趣逗猫，还一同打杏逗乐，他们是那么和谐的一个集体，那么平实又那么让人感动。

最为感动的是他们一直默默坚守的匠人精神，这是对每个观众最致命的吸引力。故宫中的修复师们还是传统的师父带徒弟的形式，虽然已经不需要过去那些烦琐的拜师仪式了。刚来文物修复所中最先考查的就是坐不坐得住，有没有耐心，修复工作一定要一丝不苟，而且修复一件文物就需要付出几个月甚至几年的时间，如果没有绝对的耐性是熬不住的。

文物修复工作无法满足飞黄腾达，相反它很辛苦，很枯燥，只能一点点细心地慢慢磨，在北京这样物价很高的地方，文物修复师的工资水平在北京是中等偏下的，但总有这样一批人，他们愿意默默付出，他们愿意坚守，他们是平凡而伟大的人。

故宫博物院的院长单霁翔非常风趣幽默，他调侃自己在退休之前的最后一个岗位就是给北京最大的四合院"看门"。但这里是一个极具工匠精神的地方，他举了个例子："我们在进行乾隆花园研究性保护项目的时候，曾经修复过一个室内的江南戏台，这间屋子的墙壁和屋顶上都裱着整幅大师画作，其中裱画所用的材料来自安徽山里的一种植物，专家们为了寻找这种植物，和当地的技艺传承人一起试验了几百次才还原出来。"

今年41岁的木器组科长屈峰，从最开始的排斥，到后来热爱上了这份工作。十年前，他说文物就是文物，我自己就是我自己，十年后，他说他会逐渐把文物当成一个生命去看。他毕业于中央美术学院，毕业时，他是班级里的专业课第一名，他被故宫博物院录取时，兴高采烈地来报到，当他一看到日常工作与他的艺术创新梦想相差甚远，他有些苦闷。他感觉和这些没有生命的永远不会变化的文物打交道太枯燥了，他提不起兴趣来。

屈峰一开始有想离开的冲动，认为工作和自己想从事的雕塑创作有很大的矛盾，但是慢慢他才发现，文物修复工作也是一种艺术的滋养，可以使他更深入地了解传统文化，渐渐地，他才开始用心起来，也慢慢得到了同事和领导的认可。现在的他白天修文物，晚上回自己的工作室进行雕塑创作。

片中屈峰的一段话让人感动："有一种精神在，所以它还是活着的。文物跟人一样，这个东西跟人的境界有关。古人是讲究格物的，什么是格物？就是以自身来观物，又以物来观自身。所以中国人做一把椅子就像在做人一样，他是用人的品格来对照椅子的。古代故宫的这些东西都是有生命的。人在制物的过程中，总是要把自己想办法融到里头。人到这个世上来，走了一趟，都想在世界上留点啥，觉得这样自己才有价值。"

钟表组修复师王津，1977 年进入故宫博物院，工作 40 年共修了古钟表 300 余座。他说故宫的钟表修复技艺，有近 300 年，从来没有断。故宫钟表修复技艺的第一代传人徐文麟，十几岁进故宫，那时是 1900 年左右，20 世纪 60 年代初去世，80 多岁，在故宫里工作了至少 60 年，非常值得人钦佩。

王津师傅 16 岁接班进入的故宫，领导安排他学技术，他就在各个工职岗位转了一圈，师父看他是可以发展的，再加上这个岗位也缺人，王师傅报了名，才有机会进入故宫，这一干就是 42 年。纪录片中记录了一小段很有趣的插曲：王师傅带着徒弟一起去厦门参加钟表专业会议，遇到了一位著名的钟表收藏家。收藏家将自己随身携带的藏品拿出来和王师傅一起鉴赏，他问故宫有没有这种怀表。王师傅回答："不少，但是修的量不大。"收藏家说只要他有两三件故宫没有的藏品，就很开心了。后来画面转回故宫时，王师傅说："故宫是因为收藏了世界各地的钟表，当年皇家收藏，都是世界上一些精品运到这里，包括一些大型的英国钟表，大英博物馆都没有。我到世界各地拍卖会上考察，发现他们收藏了一些还不错的，比较早期的一小部分，可能是想跟故宫的比试比试吧。故宫钟表，可以说世界上，藏品或件数，是独一无二的。"王师傅内敛腼腆，语气非常温柔平和，没有丝毫傲气，只是有隐隐的自豪感，这就是故宫人的平常心吧。

纪录片结尾处王师傅看着自己修复过的一件件文物作为展品向世人展出，他有些感慨："有时候不觉得，但人这几十年也快，一晃就过去了。赶不着精品的话，也挺遗憾的，我觉得赶上修复好的，就很幸运了。"

木器组史连仓师傅在纪录片结尾也说了一段非常感人的话，他说："我三岁就到故宫了，就在故宫脚下住，每次都是我父亲带着我挨屋串，对各屋都很熟悉，就跟自己家一样，嘴上也说退休了拍屁股走人，对于我来讲还真是有点儿恋恋不舍，如果需要我返聘，我会义无反顾，会回来继续这项工作的。"

故宫里收养了很多的流浪猫，修复师们会每天给它们喂食。秋天杏熟了的时候，这些文物修复师会打下杏来一起品尝，这里一片和气，一片温暖。文化的传承总是艰难的、不易的，但总有人愿意吃这个苦头，愿意做这个差事。修复工作总是枯燥的、烦琐的，但总有人几十年如一日地坚守。恢复历史遗存，再现每一件藏品往日的光彩，让它们重新焕发新的生命，为文化延续，为后代造福，他们所做的事情又有着不可估量的价值。这些文物修复师一手触及历史，一手致敬生活。修复师们的工作只是一份平凡的工作，但他们深爱着这份工作，从历史中，他们更悟到了人生的真谛。

这个世界诱惑太多，很多人都被遮住了眼，而无法听从自己内心的想法，希望每个人都可以理性地静下来思考，你到底想要的是什么？你最在乎的是什么？相信时间会给你一个答案，静下来想一想。

在恰当时候，做最恰当的事情

6 岁的时候开始打球，13 岁进入国家队，16 岁一战成名，19 岁收获第一个世界冠军，27 岁成为中国男乒历史上最年轻的主帅，他就是刘国梁，中国男乒的领军人物。里约奥运会期间网上曾经流传这样一个段子：有位台湾网友在看完张继科比赛后，在论坛上问，中国队后面那个胖子是官员吗？

看样子整场就他不懂球。然而就是这位"不会打球的胖子"，他拿过的冠军、得过的荣誉可能比我们看的乒乓球赛都多。

刘国梁出生于1976年，他还有一个哥哥刘国栋，他的爸爸是乒乓球教练，爸爸从小就带着两个儿子练球。刘国梁6岁的时候练球，天赋异禀，在他家的小县城已经容不下这个大神了。爸爸打算带他去更广阔的天地，10岁时，爸爸带着刘国梁去了北京，希望有朝一日儿子可以成为世界冠军。

父子俩来到北京的乒乓球馆，刘国梁先是横扫什刹海业余体校，然后再与北京市乒乓球队打，打了七八场，只输一场。1989年刘国梁入选了国家青年队，1991年，15岁的刘国梁破格入选中国国家乒乓球队。1992年，刘国梁终于有机会随队出征全世界，第一年他就取得了不俗成绩，斩获了亚洲杯男团混双冠军、亚锦赛男团混双冠军。1993年第42届世乒赛上，刘国梁再次斩获男团亚军、男双季军，中国公开赛男团冠军、男单第三，瑞典公开赛男双冠军、男团冠军，芬兰公开赛男单冠军、男双冠军，亚洲杯男单第三。1996年奥运会上，刘国梁获得了男双、男单双料冠军，成为中国第一位世乒赛、世界杯和奥运"大满贯"获得者，世界杯后在国际乒联排名榜上跃居第一位。

刚刚收获大满贯的刘国梁被国际乒联提出服用兴奋剂的质疑，刘国梁为此事苦闷了很久，他就特别想为此事澄清自己。2000年4月，国际乒联澄清了此事。刘国梁却再也没有回到巅峰，2000年悉尼奥运会，他削发明志，给自己剃了光头，但是他还是没有完成人们期望的奥运会夺金的重任。2002年他宣布退役了，虽然不再打比赛了，但是他还想继续留在国家队，他计划着未来，怎么可以继续留下来呢？他选择了学习自己教练蔡振华的方式，留在国家队当教练。2003年，他成为中国乒乓球队男队教研组组长兼男队总教练。

2004年，刘国梁作为刚刚做教练一年的新教练，带领国乒男队征战雅典奥运会，可第一次征战奥运会就给了刘国梁当头一棒。他的队员王皓输给了韩国选手柳承敏。当韩国选手激动得欢呼雀跃的时候，王皓一直低着头走出比赛场地。刘国梁见王皓情绪十分低落，就一直搂着他的肩膀，告诉他："王皓，抬起头来，咱们赢得起，也要输得起。"赛后，刘国梁总结经验，是自己对队员不够狠，他们的心理素质不太好，平时都在赢，奥运会一输就慌了。从此，他在日常训练中把竞争作为了一种常态，让队员们都要有这种意识，该是团体时是团体，在赛场上是对手就是对手，单打时就要有竞争意识，团体赛就要团结、付出。

终于在2008年，刘国梁率领中国男子乒乓球队夺得北京奥运会男子乒乓球团体赛冠军和男单冠、亚、季军，包揽所有奖牌。刘国梁一直强调，中国乒乓球队能一直处于不败地位是因为我们集体的伟大。2012年，伦敦奥运会，乒乓球的赛制修改了，先是男单，再是团体赛。刘国梁很清楚像马龙和张继科这样的新运动员，他们如果第一场男单输了的话，心态不好，肯定会影响团体赛的比赛。最后，他做王浩思想工作，因为王皓是老队员，有过输两次球的经验，心理素质会过硬点，比赛之前，刘国梁就嘱咐王皓，要帮衬年轻队员。

王皓也是一位非常无私的运动员，非常勇敢，他为团队做贡献的公心比自己赢的私心高很多。最终张继科获男单冠军，王皓、张继科共同获得了男团冠军。2016年里约奥运会，刘国梁再次率领中国乒乓球队包揽了奥运会全部四枚金牌。

中国不缺少乒乓球冠军，但难得的是这些乒乓球冠军，在他们退役以后，还依然愿意为现在的运动员无私服务，可以放下自己身上曾经拥有的无数光环，甘愿做陪练、帮买菜。奥运会比赛时，只有半小时的时间可以见到运动员和教练，其他时间只能在外等待，他们也心甘情愿地为中国乒乓球事业做出自己的贡献。

从1988年汉城奥运会设置乒乓球项目以来，直到2016年里约奥运会，一共有32枚金牌，中国队共获得了28枚金牌，只丢了4枚：1988年男单、女双，1992年男单，2004年男单。这样一个伟大的中国乒乓球队的确是我们永远的骄傲。曾经流行过这样一个段子："恭喜你拿了世界冠军，以后有什么打算？球员感叹，接下来我会继续努力，争取拿个全国冠军！"无论怎样改赛制，都无法阻止中国乒乓球队在奥运会赛场上的压倒性优势，他们已经强大到让对手绝望的地步了。

越是一直占绝对优势的项目，其实压力越大。刘国梁曾调侃过，中国乒乓球上头条那一定是因为前一天输球了，因为人们已经形成了一种习惯，赢是正常的，输是不应该的。随着社会经济的发展和体育生态的巨大变化，中国乒乓球队受到的关注也在逐年下降。刘国梁也大胆做过很多尝试，让队内选拔与新媒体挂钩，增加观众的关注度，只有人们多多关注这项运动，它才能够吸引更多人才，更好地持续发展下去。

在恰当的时间做最恰当的事情，这是保证成功的关键。社会是不断变化的，如果想顺应社会发展的趋势，那就要不断地调整自己的方向。就像是扬帆远行，顺风时，调整好方向，顺风而行，你会收到事半功倍的效果，若非要逆风而行，那只会事倍功半，甚至永远到达不了终点。祝福中国乒乓球队可以这样永远处于不败之地，也祝福每一个正在扬帆远行的你，掌握好方向，顺风起航，一路远行！

前路无常，不骄不躁慢慢走

生活总有百转千回，总有突如其来的惊喜，也会有突如其来的打击。前路无常，我们无法预知未来会发生什么、会改变什么，但我们可以做的是了解自己的内心，找好自己的方向，一步一步慢慢走。也许前路无常，你需要调换一个方向，改变是需要勇气的，但无论好的坏的我们都应坦然接受，不逃避，要一直勇敢。

三全食品很多人都很熟悉，关于它的创始人陈泽民的故事，也可以算得上是传奇了。他50岁才开始创业，他说："一个人在幼年、青年时代受到的磨炼，是他一生中最宝贵的财富。小时候勤工俭学和青年时的艰苦劳动，造就了我不怕吃苦的性格，并且让我深深地认识到，只有通过劳动，才能创造财富。"

1943年1月，陈泽民出生在重庆一个军官家庭，当时他的家境还算殷实，但父母都不宠他。他3岁起，就跟随身为炮兵专家的父亲过着随军生活，辗转各地。从小开始，陈泽民就利用课余时间勤工俭学。10 岁时，和同学们一起到电影院、戏院里捡烟头、废品卖钱，支援"抗美援朝"。

1956 年，父亲转业了，陈泽民的家境急转直下。每月靠母亲 30 多元的工资维持生计，陈泽民作为长子，就开始勤工俭学了。陈泽民从小就不怕吃苦，也是源于生活中的艰苦劳动。上初中时，学校提倡勤工俭学，他学会了理发。周末，他背着书包带上理发工具，到农村给农民理发。他还和同学一起到处打小工、干装卸工，到处找活干，他通过劳动，学到很多新的技能。

小时候的陈泽民非常有创新意识，还很热爱发明，从小就对无线电非常喜爱。从矿石收音机到真空管收音机，再到后来的半导体，他都能轻松组装和维修。高中的时候，他就利用理发推子的使用原理，帮农民制作了一台收割机模型。

1965 年，陈泽民从医学院毕业，主动要求到四川工作，在工作中他就做了不少创造发明。1979 年，他被调回郑州市第五人民医院工作。当时单位里有一台价值几十万的大型 X 光机损坏了，他花了几星期将其修好了，他甚至仿照在北京展览会上看到的一台日本产的洗衣机，制造了当时郑州第一台土造洗衣机。

1984 年陈泽民被调到郑州市第二人民医院当副院长，当时国家政策允许搞第二职业，利用你的专长改造生活，创造更多的价值。陈泽民就在思考要做点什么。当时是物资紧缺的年代，陈泽民就想把南方的汤圆小小创新一下，把它进行一个小革命——工业化生产。他申请了速冻汤圆的生产发明专利和速冻汤圆的外形包装专利，然后再放到市场上试试看。在四川工作十几年，陈泽民向当地人学会了做汤圆，河南的汤圆用的是干面，四川用的是湿面，口感更好。第一次在市场上卖，陈泽民的汤圆就获了好评，非常受欢迎。

每天到快下班的时候，年近五十的陈泽民就会蹬着三轮车推销自己的汤圆，现场煮给大家品尝。1990 年，陈泽民把速冻汤圆拉到了郑州市很有名气的一家副食品商场。商场负责人在尝过汤圆后，半信半疑地答应先进两箱。后来，他又拜访了郑州市的几大商场，都是送两箱试试。结果第二天，经理们都希望陈泽民长期大量供货了。

陈泽民的生意很快越做越大，他带着汤圆到北京开始发展销路，很快也得到了商场经理五吨的订单。很快三全汤圆在全国铺开，先后在西安、太原、沈阳、济南、上海等城市都建立了销售渠道。

三全汤圆发展得越来越好，陈泽民意识到这是一个绝佳的机会，1992 年，他就辞职下海专心卖汤圆，组建了"三全食品厂"。当时，一套进口的速冻机需要 1000 多万元，国产的也要 100 多万元，他就自己买材料，自己设计制造，建成了国内第一条速冻汤圆生产线。

1992年下半年，陈泽民把生产管理交给家人，一个人开着一辆4000元的二手旧面包车到全国各地现煮现尝跑推销。1993年，三全的日产量达到了30吨；1995年，三全的发展速度更快了，同年，三全被国家工商局评为"全国500家最大私营企业"之一；1997年，国家六部委将"三全食品"列入中国最具竞争力的民族品牌名单。

陈泽民说："就像我不愿意自己的孩子声誉受损一样，多年来我不愿三全有任何污点。"同样，他特别敬重有知识、有能力的人，他希望三全未来靠更多人才来管理，哪怕有一天三全不是陈氏家族控制，只要它发展得更健康、更壮大就好。2009年，陈泽民辞去了董事长的职位，把它放权给更多高管。三全公司9名高管中，只有陈南、陈希二人是家庭成员，其他高管均是拥有大公司及研究机构等专业工作背景的人才。

三全也曾有很多机会去发展其他行业，但是陈泽民都拒绝了，他希望三全成为"速冻食品的百年老店"，他说："做好汤圆是一种责任。"如今，陈泽民可以放心地把三全交给其他高管了。在70多岁的年纪里，他选择了第二次创业，正式宣布进军地热发电行业，他全身心地投入到对地热发电技术升级换代的研究中，吃住都在工地。陈泽民笑言："虽然有人说我这个年纪创业太折腾，但做这么有意义的事，让我觉得干劲十足，不输给小伙子。"

陈泽民老人已年逾古稀，还这么富有勇气，就像当初创立三全一样，他对行业了解深刻，见解独到，非常具有创新意识，期待能够成为地热行业的佼佼者。成功者找方法，失败者找借口。很多人看到别人成功了，只有羡慕，却没有看到别人不断寻找方法、为之努力拼搏的时候。

明天总是未知的，可能会晴空万里，可能会电闪雷鸣，但是不要慌不要乱，追随自己内心的方向，不骄不躁，即使只是迈出了一小步，但只要可以不断向前，就会量化成成功。当你感到走上坡路越来越艰难的时候，那就是成长的滋味，所以别怕前路无常，只有战胜心里的恐惧，有清晰的方向，人生才会有充满阳光的时候。

任何时间，都愿意去相信

你热爱生命吗？我想所有人的答案都是肯定的，但你知道吗？真正的热爱，是在生命经历过绝望和破灭之后，依然存在着勇敢的心，即使在万般伤痛中也要浴火重生，获得一个全新的自己。你是否有这样的勇气？

2016年里约奥运会，我印象最为深刻的是一个竞走的项目，男子 20 公里竞走项目。这是一个非常孤独的项目，全程下来只能靠毅力坚持，很多选手都会走着走着就出现犯规动作而被罚下，意外也是很多的。

8 月 12 日，中国选手王镇最终冲过终点线，获得冠军，用时 1 小时 19 分 14 秒。当我看到他获得冠军时，我的眼圈也是湿润的。一个多小时，难以想象，需要多大的毅力才能坚持。王镇在此之前已经经历过四次失利，这一次他终于圆梦了。

竞走项目不算是奥运会中的热门项目，而且意外很多。这次的比赛十分辛苦，也同样意外频发。发令枪响后，王镇稳稳地走在后面，但是刚出发两公里的时候，他被身旁的选手踩掉了鞋，虽然他十分生气，但慢慢又平复了下来。他的队友蔡泽林一直为他递水，递降温海绵。比赛中段时，蔡泽林一度领走，打乱其他对手的节奏；王镇冲上去后，他在后面形成保障，两人因为是七八年的兄弟了，又一起同住同训练，所以配合非常默契。最后三公里的时候，王镇开始加速，在众多选手中处于领先地位，随之后面的优势越来越明显，在快到终点的时候，他已经开始和场边的观众庆祝了。最终，他获得了冠军。

20 公里竞走是个十分艰苦的项目，非常考验耐力和毅力。王镇的外教达米拉诺评价王镇的速度和耐力都达到了世界水平，特别是速度，是他带过的运动员中最好的，他不仅是优秀的 20 公里竞走运动员，也会成为顶尖的 50 公里竞走选手，王镇就是为竞走而生的。

王镇 2005 年开始练习竞走，2010 年被意大利外教达米拉诺选中，正式进入国家队。在他刚刚学习竞走的那几年，家里的日子不好过，王镇在外训练需要钱，他的爷爷、奶奶身体多病也需要开销，家里只能依靠三亩地和父亲微薄的工资。最多的时候，家里欠下了十多万的外债，后来，王镇父母卖掉了家里的房子，盖了简易的两间半平房。母亲种地照顾老人，父亲外出打工。王镇看到家里这样的状况，多次提出不训练了，但是父亲告诉他必须练，砸锅卖铁也让他训练。

2011 年 8 月的大邱世锦赛，王镇迎来了自己的首个大赛。由于体力分配不均，最后两公里崩盘，最终仅名列 20 公里竞走第四。2012 年他调整好心态，重新出发，被视为中国队在男子 20 公里项目中冲击金牌的最大希望，然后 20 岁的他又因为体力分配不均，最终只能摘得铜牌。

2013 年，莫斯科世锦赛上，王镇在决赛当天还是信心满满，10 公里之后开始加速，从大集团中脱颖而出，处于领先地位，但仅仅领走了 3 公里，就吃满了 3 张卡被罚下，他觉得自己遭受了重大打击，之前从来没被罚下过，他不想再练了，他有了退役的想法，离开国家队 7 个月。王镇说："当时我已经打算不再练竞走了，打算自己做点小生意，开个小超市什么的。"

田径管理中心的主任杜兆才耐心地劝导王镇归队，2014 年王镇决定重回国家队，不过此时的他已经有了很大变化：

一是，他与相恋两年的女友结婚了；二是，他的体重增加了25公斤。他特别注意控制饮食，每天吃得很少，只吃个半饱，只吃面，晚饭基本不吃，有时早饭也不吃。每天要走20公里，多的时候30公里，好几次，走下来都虚脱了，脚也磨破了。有一次母亲看到他拿下创可贴后流血的脚，心疼得流下了眼泪。不到3个月时间，他体重降到了60公斤左右。

经历了几次大的比赛后，王镇在比赛中也变得更加成熟老练了。2015年，北京田径世锦赛上，教练给他布置的方式是冲最后5公里，可王镇在比赛中感觉最后7公里也是兴奋点，就走出去了。但没想到自己冲出去的时候，没有一个人跟着自己，最终没控制好，最后两公里还是被超越了，最终获得了银牌。

2016年再参加奥运会，王镇就更加沉着冷静了，他始终淡定地走在跟随集团中，谁加速他也不跟随，最后3公里时，终于开始加速，在取得领先优势后牢牢保持住了优势，最终坚持到了终点。

竞走项目不仅在较量着体力，也在较量着心态，最后的途中，每个选手都同样是损耗过大，最终拼的就是谁能坚持下来。王镇在前三次，都是由于领走过早，而早早地消耗了自己的体力，最终又没有力气冲刺了，眼看着被别人超越。在经历了一次次惨痛的教训后，他终于找到了最适合自己冲出大集团领走的距离，这些比赛就像一块块拼图一样深深地印在了他的脑海里，时刻提醒着他不要忘记曾经的教训。

只要不放弃，就会有希望。王镇曾有过退役的想法，试想一下，如果他退役了，这块金牌将永远不可能属于他，也许他只能是一个超市的老板了，而永远不可能是世界冠军。人生中跌跌撞撞是很正常的，没有任何人可以一帆风顺，不论何时都应该相信，前面会更好，既然选择了，就要坚定地走下去。

在最无奈的时刻，也不要沮丧

我们在这个世界上总会有遇到挫折困难的时刻，你总有一种被它打得措手不及的感觉，但你只能接受，事实就是事实，没法改变，你只能调整好自己的心态，然后在接受这个现实的基础上一步步慢慢改变这个现状。

展亚平，1962 年出生，江苏省张家港市人，1981 年 11 月入伍，是中国人民解放军 73022 部队"硬骨头六连"原指导员。在对越自卫反击战中，他失去了双腿和左手。1985 年 10 月被中央军委授予一等功，被认为是对越自卫反击战中"负伤最重"的战斗英雄。

1984 年的时候，他赴西南边境，参加对越自卫反击战。1985 年 1 月 11 日，为了保护战友，他被流弹炸成重伤，先后动了七次截肢手术。展亚平原本身高 1.78 米，术后只剩下 84 厘米。1986 年 12 月，展亚平曾在全国先进党支部和优秀共产党员事迹经验交流会上受到邓小平同志的接见。他也先后被授予过"硬骨头战士""全国优秀共产党员""自强模范"等荣誉称号。

七次截肢手术，这种痛苦无法想象。每次手术，麻药劲儿一过，他都痛得要命。有一次，他的伤情出现反复，需要做清创手术，麻醉的效果不是很好，痛得钻心入骨。但他忍着痛苦，告诉自己不能哭，想到自己的战友李恩龙脖子受伤坚持战斗，高家凯与敌人同归于尽，他不能哭，因为他是硬骨头六连的战士，他不能给连队丢脸。

展亚平不仅在医院里自己保持着如铁的坚韧，还鼓励其他伤员要坚强，要做硬汉。有个叫袁殿华的伤员，双脚被地雷炸伤，住院以后常常痛得直流泪，他看到展亚平的表现后对他说："你的伤比我重，反而来做我的工作，比起你，我真惭愧，我一定向你学习，做一个生活的强者。"

在医院养伤期间，展亚平因行动十分不便，洗脸、穿衣、吃饭、大小便都需要人照顾，他说自己为祖国没做出什么大的贡献，如今自己成了废人，再也不能给祖国出力，唯一的办法是，少给组织出难题，他写信给父母，让父母来照顾自己，他不想麻烦医院太多。

展亚平回到苏州后，他依然保持着一个军人钢铁般的意志，没有因为自己留下了残疾而萎靡不振，组织安排他到苏州大学学习文学，他非常顽强刻苦地学习，在苏州大学学习成绩非常优异，毕业时还取得了学士学位。

展亚平负伤后，《苏州日报》刊发了一篇关于他的长篇通讯，吸引了一个苏州女工的注意，她深深地被展亚平的精神所感动，主动跑到上海，要求照顾展亚平，后来两人结下了一段美好的姻缘，结了婚，还有了一个可爱的女儿。

展亚平在工作和学习之余都会到各地做报告，每个听到他光荣事迹的人，都会被他的牺牲精神和面对生活的顽强所感动，被他深深地鼓舞。退休后，他想继续发挥余热，2007 年创办了苏州亚平消防器材设备有限公司，自己做董事长。他还积极投身公益事业，积极向贫困户捐款。他以自己的实际行动证明了一名军人最高贵的品格。

在战争中所受到的身体上的创伤，永远无法修复，但这并没有影响到展亚平对生活的希望。虽然身体上有巨大疼痛，但他从精神上弥补，同样是一件事情，普通人做来轻轻松松，对于他来说要付出几倍甚至几十倍的努力，但是他从来没有放弃过，而是更加努力，他用自己的行动证明了，他可以做得更好。

战争英雄是应该被我们每个人永远铭记的，他们是为了我们的平安、我们的幸福而牺牲了自己的幸福，去到战场上的那一刻，只想保家卫国，生死早已置之度外了。战场上流血流汗，牺牲自我，这是每一个战士无私的奉献，是对祖国和人民最光荣的奉献。作为军人，钢铁般的意志和顽强的精神，是我们需要学习的榜样。我们应该珍惜和平，感谢那些曾经为我们的幸福不惜流血牺牲的战士，是他们的付出，才让我们的生活可以这般平静。

生活中，我们都会面对很多的无奈，不知怎样去度过，只有一个办法，挺过去。即使无奈，即使痛苦，自怨自艾是没有任何用的，只有靠自己一直坚强地挺过去，沮丧只会令你的无奈加倍，让你在原点徘徊，咬咬牙，挺过去，才会见到阳光。

我优秀，所以世界会很明亮

"如果不来，会后悔一辈子；如果来了，大不了后悔两三年。"这是"横漂"沈凯说的一句话。尔冬升导演在2015年拍摄了一部电影《我是路人甲》，电影中20个主演都是不知名的"横漂"演员。尔冬升导演自己投资拍摄这部电影时，很多人劝他没有明星的电影会赔的，不怕吗？尔冬升导演说："我看到了他们这批年轻人那么勇敢，没有钱，自己却跑去追求他们的梦想，而我在这个行业做了几十年了，也算有点成就了，我还怕什么，我的勇气在哪里？我拍这个戏也是被他们鼓励的，我说你们不要谢我，其实我要谢谢你们，因为你们令我的内心，重新经历了一次成长过程。"

2005年，尔冬升导演来到横店找成龙，当时很乱，夏天去拍戏，接近40摄氏度的高温，那些戴头套、穿古装的人，突然让尔冬升导演回想起以前拍古装片那些不好的经历。成龙还打算带尔冬升去看秦王宫，但他极不想去。2012年再次来到横店，还是很热，完全没有留意场景，他这一次却被这些想拍片的"横漂"所吸引，他想拍这些年轻人。从2012年8月开始，实际工作花了三年时间，前后整理的文字超过100万字，见过二三百人，拍摄时没有剧本，拍出来之后一共有4个半小时，最后缩减成了134分钟。

尔冬升导演讲述自己见演员时的情景，让他很惊讶的是，有两个演员第一次见他就流眼泪了。尔冬升导演问他们为什么流泪，他们说从来没有机会见到导演，连副导演都没有。曾有"横漂"这样描述群演，"群演就是活道具"，这句话听着真的是有些伤人。这些群演蠕动般生长，要隐忍，要耐得住寂寞，最重要的是要有强大的抗压性。他们是来追寻梦想的，可是当他们说出"梦想"二字时却很怕被别人笑话。

电影《我是路人甲》里面20个主演，全部是真正的群众演员，非科班出身，但是如果换成科班的演员，整个电影的感觉就又出不来了。这些"横漂"的辛酸，也只有他们自己能够体会。群演一天赚的钱是40元，群特是80元，特约最低是150元，高则300元、500元不等，特约就算演员了。在这里的生存法则，一是抢镜，一是省钱，很多"横漂"说自己早已经适应了有一顿没一顿，但是没事，又饿不死，他们这样自我安慰着。

《我是路人甲》男主角万国鹏，真名也是万国鹏，黑龙江人。他的父亲是工厂会计，母亲是妇产科医生，家境属于当地小康。在黑龙江中医药大学学了三年针灸的大专。毕业后，因为承受不了医者最常见的生老病死，他放弃了做医生，他决定寻找个新的方向。该找个什么方向呢？他脑中突然蹦出演员两个字。

如何做演员呢？万国鹏在网上搜了一遍又一遍，最终决定去横店体验一下"横漂"。2012年7月，万国鹏带着1000元钱，向离家3000多公里的横店进发了。结果没有计划好，一大半钱都花在火车票上了，到横店时只剩400多元，一个星期就被他花光了。恰逢横店的夏季，白天气温可以达到40摄氏度，谁也不认识，还没有拍戏经验，他第一次体会到了失业的迷茫。为了维持生计，他去各种店打工，一个月工资1000元出头，除去房租后所剩无几。

万国鹏尝试到各个剧组送资料，有一个群头给他打电话说有一个有宾馆住、有盒饭吃、有热水澡洗的剧组，还有2000元一个月的工资。万国鹏形容当时自己的感觉就像是进了天堂。而到了住处才知道是每晚25元的一间五平方米大的楼梯口夹角房，像一个仓库一样，一米八的他要弯下腰才能进去。万国鹏倒也没感到委屈，因为他本来就抱着流浪的心态而来，自己就带了几件"最破的衣服"和一条床单、一条被单，随时准备露宿街头。渐渐地，认识的人多了，万国鹏的群演工作也稳定了，可以搬到300元的顶楼天台房了。

三个月后，万国鹏遇到了尔冬升导演的《我是路人甲》，一开始他的第一反应是这搞不好是个骗局，但他还是无法放过任何一个机会，他还是把自己的资料递到了剧组，并开始了等待，钱是一天天减少，未来依然虚无缥缈，有一天他走在横店的街上，突然听到有人喊"万国鹏"，他一抬头看到了尔冬升导演。不久，万国鹏接到了面试通知，剧组对他们进行集中培训，每天还发放100元的补贴，万国鹏乐坏了，就这样他成了《我是路人甲》里的男主角。

《我是路人甲》上映之后，万国鹏的电话被打爆了，从小学到大学的同学都在帮他宣传，爸妈特别高兴，连实习老师都鼓励他喜欢什么就去干吧。万国鹏不确定自己能否在演员的道路上创造奇迹，但是他立志做一名像黄渤和梁朝伟那样优秀的演员。

这部电影中还有一个主演令人印象深刻，就是覃培军。他的身上没有悲苦，更多的是正能量。他5岁的时候母亲去世了，10岁的时候父亲去世了。派出所把他送到养父养母家，但是养父母对他不好，他十二三岁就到山西、河南的煤矿做苦力了。在煤矿遇到塌方，好几次与死神擦肩而过。后来又到铁矿做抽水工，一次头顶上掉下来石头，砸到他的腿，医生告诉他要截肢，是老板说他太小，不能截肢，以后不方便生活。虽然没有截肢，但是后来他的腿跑起来的时候还是会很不方便。后来，他又回过煤矿当挖煤的工人，有一次腿被石头砸了，就像一根筷子被掰断一样，他的腿断了，至今里面还放有钢板。

覃培军也曾抱怨过，为什么自己会经历这么多的不幸？

后来他自己认为有这么多经历在，我为什么不把它当成一种财富呢？后来，他来到了横店，他觉得横店里拍戏一不像挖煤那么恐怖，还很自由，每天的群演费低对一直过着艰苦日子的他根本不算什么。

尔冬升导演说："他受到苦难后到了横店，觉得这里是天堂。这也启发了我，我算不算成功？在电影圈，我已经有点成功。我曾经很勇敢，但为什么我还会犹豫？覃培军是鼓励我拍这部戏的人，我要谢谢他。"

其实很多我们认为的苦难怎么去界定它呢？当了解到那些"横漂"在横店的住宿条件很差，剧组给的费用也很微薄，拍戏时被作为"活道具"，辛苦也不会被人在意，说起梦想甚至还会被人嘲笑，这样看来是够苦的了。但曾经作为流浪孤儿的覃培军，在煤矿中死里逃生的他，到了横店就感觉像是到了天堂一样；已身无分文的万国鹏，即使做好了流浪的准备，也不想离开横店，在他们说来似乎横漂也没那么苦了。万国鹏说饿几顿没事，反正也饿不死，他们心中甘之如饴的就是梦想吧。

趁着年轻去追梦吧，因为你还有翻盘的机会，不要等到你只能说说梦想，而无法实践的年龄。如果是一堆空话，那说不说还有什么意义呢？谁都没有权利说谁的梦想是实际的，谁的梦想是不切实际的，没有人知道未来会怎样，更不知道未来会被你改变成怎样。成功的定义不都是功成名就，还有成长和收获，只要一件事情之后，你有了收获那就是成功的。梦想面前没有高低贵贱，只有努不努力，你优秀了，就自然有靠近成功的机会了，世界自然会为你照亮。

请别妄图拥有完美的自己

我们总是会因为一些事而产生很多的负面情绪——痛苦、悲伤、愤怒、恐惧……这些负面情绪只会让原本已经糟糕的事变得更糟糕。我们想努力规避掉这些不好的事，甚至期待可以忘掉多好，但没办法，它们就那样发生了。何必自讨苦吃呢？这个世界上没有完美的人，也没有完美的事。你能真正地接受它胜过你忘掉它，而且它也是忘不掉的。

近期引起人们热议的网络剧《北京女子图鉴》，喜欢的朋友们都说在剧中或多或少地找到了自己的影子，想到了同样在奋斗的自己。很多人给出这样一个评价："不完美的女主也挺好。"为什么女主不完美，大家还觉得挺好？因为生活中没有完美的人，如果女主太过完美，每个观众会觉得女主完美是很好，但这和我有什么关系？无法产生共鸣的电视剧注定是失败的。正因为剧中女主的那些不完美，让很多人看到了生活中的自己，才会使观众这么喜欢。

女主角陈可依，初到北京，给自己改了个名字，陈可。她想重新做自己，凭自己的努力不依靠任何人，活出自己希望的样子。我们生活中每天在宣誓"我要独立"的女生不正是这样的吗？我就靠我自己，谁也不靠，当然这也是我的理想。

然而往往事与愿违，职场之路走得并不顺利，陈可遇到层层难关，她是不是全都只能依靠自己？人生活在这个世界上就是群居动物，非要隔绝开所有人，只靠自己，靠过于要强的自我，有没有必要？往往阻碍我们的不是别人，而是过于要强的自我。

陈可与自己的上司张超谈恋爱了。张超享受着眼前的满足，然而陈可想要的更多。她想要的虚荣，张超无法满足，她想达到的欲望不是张超所能满足的。她想要的 LV，她想要的奢侈品，她自己要满足自己。

北漂的梦是美好的，未来可以怎样怎样，但没想到在经济上就受到了巨大阻碍。来北京前知道会吃点苦头，但是肯定不会想到要吃那么多苦头。陈可刚来到北京就因为自己身无分文，只能从卖红薯的老人那里买到了半块红薯。

一个人看病一个人搬家的陈可，这样的无奈我也都有经历过，我们表面上生活得还算如意，没有什么大困难，只是有点小问题。但其实呢，生活有诸多不如意，遇到了大困难，还是要一点点地解决，因为没人能帮你，你必须依靠自己。

每个女生都希望有一份好的爱情，可以找到那个执子之手，与子偕老的人，但是这一个人兜兜转转还是没有出现。陈可的感情生活中遇到了各种各样的渣男：只拿她当陪酒客的海归富二代，可以满足她物质需求，但结婚的事免谈；声称自己是不想结婚，而其实已经默默订了婚，以梦想的名义心安理得吃软饭的艺术男，陈可为了讨好男友，为其充下10000元店铺储值卡，这些钱也是她自己每天辛苦赚来的，就这样被男友都挥霍掉了。

一个每天只会打麻将，丝毫不想上进的老公，对于陈可来说实在忍无可忍。只想享受生活，其他一切不管的男人，和陈可这样事业心很强的职场女强人生活在一起，他们之间没有任何共同语言。生活的环境也不同，两人完全没有交集，最后陈可只能和他走向离婚的结局。

陈可在剧中经历了种种痛苦，才最终找到了属于自己的幸福，有了自己的事业。她所走来的路充满荆棘，但这是每个人成长的必经之路，无法绕道而行。陈可说："没有在漫漫长夜里痛苦过的人，不足以谈人生。"

失去亲人、失去爱情、失去朋友、失去事业，我们在那一刻总会有天塌下来的感觉，虽然痛苦，但它是短暂的，你必须继续往前走。人生的魅力，就在于你遇到了许多荆棘，但你一步步跨过去，并且战胜后，你会有小小的成就感，然后继续往前走。

我们在小的时候，总是被父母望子成龙，望女成凤，没有父母想一想，孩子如果没有成龙成凤该怎么办？而事实上能成龙成凤的，只是凤毛麟角，这个概率很低。但如何来证明是否成功了呢？我觉得你可以做自己喜欢做的事了，并且做得还不错，你也开心快乐，就是成功。

李嘉诚说:"你想过普通的生活,就会遇到普通的挫折。你想过最好的生活,就一定会遇上最强的伤害。这世界很公平,想要最好,就一定会给你最痛。"如果你想在欲望都市有立足之地,没有野心,是在生活面前过不了几招的,只有野心,才能撑起你在低谷中匍匐向前的生活,只有野心,才能让你突破困局,迎来曙光。

　　我们学会了怎样接受别人的赞扬、别人给予的掌声、别人表现羡慕时的敬仰,但却没有学会怎样接受别人的批评、别人的失望、别人表现怀疑时的态度。这是心理承受力的缺失,心理抗压力的缺失。如果你都不能正视自己的不完美,又怎能让别人接受你的不完美呢?

　　每个人都是最特别的存在,我们不必要求自己有多完美,不必在意别人是否完美,最真实的自己就是最好的,我们不需要因为自己的劣势而遮遮掩掩,不用为了迎合别人的目光,而让自己做不想做的事。我们不需要也没有义务必须活成别人眼中那个人,做自己就好,做最真实的自己就好。正视自己的不完美,才是你有勇气的表现,因为不是每个人都可以胸怀坦荡地正视自己。我就是我,我就是那个不完美的我,我承认,我就是如此坦荡。

　　接受你的不完美,不是意味着你将一无是处,没有价值。恰恰相反,只有认识到你的不完美,了解真正的自己,你才会让自己变得更优秀。我们要有强大的内心,敢于去接受不完美的自己和不完美的事。如果任何事都要做到足够完美,首先是达不到,只能近乎完美,还有就是你会把自己逼到绝境。不妄图拥有完美的自己，这样在你的内心才会给自己更多的上升空间，这样你会对自己期待更多，对生活期待更多。当你每收获一次，在你增强了自信的同时，你会相信还会有更好的生活等待着你，你越来越自信，而且越来越努力。换个角度，既然没有完美的自己，那就尽力去做更好的自己吧！

不畏将来，不念过去